秘めた企み

隠居右善 江戸を走る5

喜安幸夫

二見時代小説文庫

目次

秘めた企《たくら》み——隠居右善《うぜん》　江戸を走る5

一　手違い

一

ある停止令《ちょうじれい》が、柳営《りゅうえい》（幕府）から出されるとうわさされている。というより、実際にその準備は整っていた。諸人《もろびと》は、それがこれからの息苦しいご政道の皮切りになるものと感じ取っていた。

そのうわさは武家地にも町場《まちば》にもながれ、神田明神下《かんだみょうじんした》の鍼灸療治処《しんきゅうりょうじしょ》でもささやかれていた。

その日、午後の患家《かんか》まわりはいつもより多く、右善《うぜん》が薬籠持《やくろうもち》についた。二人とも、吐く息が白い。

いまでは療治部屋はむろん、往診でも目鼻の整った四十路《よそじ》に近い女鍼師《はりし》の竜尾《たつお》と、渋い隠居の右善《うぜん》を見て、いずれが師匠か代脈《だいみやく》（助手）か、間違える者はいなくなっている。

総髪《そうはつ》で一見医者か儒者らしい右善の鍼《はり》の腕は、

「――大丈夫じゃ。さあ、来《こ》よ」

などと当人は言うが、師匠の竜尾に言わせれば、まだまだ代脈も無理で、周囲もそれを痛感している。

しかし、鍼は道なかばにさえ達していなくても、その前身を知れば町衆の期待は膨《ふく》らむ。もちろん、鍼療治への期待ではない。

この日の最後の患家は、療治処がある湯島《ゆしま》の神田明神下からは、神田川《かんだがわ》のいくらか下流になる佐久間町《さくまちょう》の商家だった。

陽が沈んでからすこし時を経た時分だった。冬場の日足《ひあし》は短く、日の入り後、一帯はすぐ夜の帳《とばり》に閉ざされる。

患家で夕餉《ゆうげ》をすすめられたが、

「帰りの道が道じゃで、足元が見えるうちに戻らねばのう」

と、右善が隠居じみた言いようで謝辞し、提灯《ちょうちん》だけを借りた。

佐久間町から湯島へ戻るには、神田川に沿った往還《おうかん》を行くのが一番の近道だが、この外神田側に川原はなく、往還から川の流れはすぐ崖《がけ》っぷちの下であり、昼間でもふらふら歩くには危険をともなう。秋口のころに大八車が人足ごと川に落ち、神田川が大川《おおかわ》（隅田川）に流れこむ手前の柳橋《やなぎばし》の橋脚《きょうきゃく》に、土左衛門《どざえもん》となって引っかかってい
たことがあった。

初冬のころにも酔っぱらいが転落し、対岸の内神田側から舟が出て助けたことがある。昼間だったから人目について救われたのだが、夜なら確実に土左衛門になっていただろう。内神田側はゴロタ石の川原がつづき、対照的な地形になっている。

もちろん、夕暮れ時に外神田側のそのような往還に歩を踏むのは、早く帰らねばとの口実になるが、謝辞したのは療治処で下働きの留蔵《とめぞう》とお定《さだ》の老夫婦が、夕餉の支度をして待っているからだった。

患家の玄関を出ると、外はすでに火灯《ひと》もしごろで、家々の玄関からは灯《あか》りが洩れ、見送りに出た女中が提灯に火を入れてくれた。これから急速に冷え込みと暗さが襲って来るのだ。

川に沿ったというより、崖に沿ったその往還に出た。下から水の流れる音が聞こえてくる。さすがに人通りはない。日の入りとともに人影の絶えるのがこの往還の特徴で、いま提灯を手に歩を拾っているのは、右善と竜尾の二人だけのようだ。竜尾が軒《のき》

端《ば》に、薬籠と提灯を持った右善が崖のほうに歩を取って横ならびになり、

「この道は、昼間でも子供が走っているのを見ると、ハラハラするからなあ」

「子供に限りませんよ」

などと話しながら、一歩ごとに暗さの増しているのが感じられる。

まだ佐久間町で、明神下はなお先である。

「ん?」

右善が不意に歩を止め、

「えっ」

と、竜尾もつられ、右善の顔を見た。

そば屋の前である。店場《みせば》の出入り口はとっくに雨戸が閉じられ、灯りもない。

この往還の家々はどの商《あきな》いでも、地形のせいで日の入り前に暖簾《のれん》を下げ、人の出入りも絶える。

いま右善が足を止めたそば屋もその例に洩れず、昼間はけっこう繁盛していて、竜尾も佐久間町界隈の患家まわりのとき、小腹《こばら》の空いたときなど気軽に入っていた。

二階も雨戸が閉じられていたが、そこから灯りがかすかに洩《も》れ、人のいる気配がした。一階の店場が無人となり、二階に人がいるのは当然で、気配もなく灯りも洩れて

いないほうがかえって不気味である。

だがその気配は、そば屋家族のものではなかった。

「丁《ちょう》！」

「いや、半《はん》！」

右善の耳は聞き取っていた。

「こんなところでやってやがる」

「えっ、まさか」

竜尾は返したが、北町奉行所の定町廻《じょうまちまわ》り同心や隠密廻《おんみつまわ》り同心を務め上げた右善の勘を信じている。

堅物《かたぶつ》の松平定信《まつだいらさだのぶ》が天明《てんめい》七年（一七八七）に老中につき、〝紀綱《きこう》を振粛《しんしゅく》する事〟をご政道の第一義に掲《かか》げてよりおよそ半年が過ぎ、極月《ごくげつ》（十二月）に入ったころには、その波はいよいよ町場にも押し寄せはじめていた。

巷《ちまた》では、

「――賭け事はたとえ一文でも二文でも、ご法度《はっと》になるらしいぞ」

「――えっ、そんならなにかい。こんど角を曲がって出て来るのが男か女か一文賭けただけでも、お役人に引っ張られるってのかい」

「――もちろんだ」

と、諸人《もろびと》が疑心暗鬼《ぎしんあんき》のなかにも、現実のものとして語り合っているのだ。

まさしくそれは、現実のものであった。まだ正式に賭博《とばく》の停止令《ちょうじれい》が出されていないというのに、奉行所の手入れを受けて茅場町《かやばちょう》の大番屋に引かれ、あるいは小伝馬町《こでんまちょう》の牢屋敷に送られた者が、この冬場に入ってからとくに増えていた。

あと二日で江戸中の武家も町場も一斉に一年の大掃除をする煤払《すすはら》いの日を迎える、極月十一日のことだった。

「どうなさいます？」

「そうだな。ひとこと言っておいたほうがいいかな」

竜尾が微笑《ほほえ》みながら言ったのへ、右善も口元に笑みを浮かべて返した。

右善はいま隠居の身であり、賭場《とば》への踏込みに欠かせない十手《じって》はお上《かみ》に返上している。だが右善なら踏込める。捕縛が目的ではないからだ。

薬籠と提灯を竜尾にわたし、雨戸の潜《くぐ》り戸《ど》を軽く叩いた。

町場の賭場では、客は合図となる戸の叩き方を事前に教えられている。そこまで右善は知らない。ただ単に叩いただけである。

即座に反応はあった。

「どちらさんで」

合図にはならない叩き方だったから、返答は緊張を乗せた声になっていた。

「通りがかりの者だ。開けてくれんか」

「なに！」

訝《いぶか》りながらも中の男は潜り戸を開け、顔をのぞかせた。手燭《てしょく》を手にしている。

右善は身をかがめ、

「やはりおめえか、治平次《じへいじ》」

言いながら右善は、その男を押しのけるように潜り戸の中へ入り、竜尾もそれにつづいた。

治平次と名を呼ばれ、手燭を手に一歩下がったのは、三十路《みそじ》を四、五年ほど過ぎているかと思える、敏捷《びんしょう》そうな体軀《たいく》の男だった。陣羽織のように仕立てた熊《くま》の毛皮を着こんでいる。

「あ、師匠もご一緒で」

と、治平次は安堵《あんど》と驚きを混ぜ合わせたような表情になった。

右善は手燭の灯りのなかに治平次を睨《にら》み、

「おめえがここで客の面通《めんとお》しをしているとは、二階の仕切りは幾兵衛《いくべえ》だな」

言うなり草履《ぞうり》を脱ぎ、二階への階段に向かった。階段の下と上には火の入った掛《か》け行灯《あんどん》があり、提灯や手燭がなくても上り下りできる。

「さすが幾兵衛だ。気が利くのう」

「あ、旦那。困りますあ」

言いながら階段を上がる右善に、治平次は困惑しながらつづいた。だが、もぐりの賭場《とば》に役人が打込む風情《ふぜい》ではなく、戸惑う治平次も、山賊もどきに熊の毛皮をまとった男の所作ではない。竜尾などは、

「わたくし、ここで待っていますから」

と、店場の土間に薬籠を小脇に提灯を手に、立ったまま二階の賭場に向かう右善を悠然と見ている。

右善が感心するように言った幾兵衛というのは、治平次とともに半年ほどまえ、明神下の裏手に越して来た男で、右善も竜尾も一応の面識はある。右善は熊の毛皮の治平次はもとより、その兄貴分のような幾兵衛にも、

(こやつら、いったい何者)

と、目をつけるわけではないが、おなじ神田明神下の住人として、気にはなっていた。年行《としゆ》きは四十路《よそじ》を五年ほど過ぎていようか、自分では〝白河《しらかわ》くずれの幾兵衛〟と

二つ名を名乗っており、

「――遊び人ですよ、博奕打《ばくちう》ちかなあ。さすがにこの明神下界隈《かいわい》で悪戯《わるさ》はしていないようですが、お江戸のあちこちに出張《でば》って盆茣蓙《ぼんござ》を開き、ちょこちょこ稼いでいるようですよ」

「――あくどいことはやっていないようで。土地《ところ》によっては、白河くずれの胴元が来るのを楽しみにしているとか」

　療治処に来た人たちが、待合部屋で話しているのを聞いたことがある。右善も道で出会ったとき、声をかけ質《ただ》したことがある。

　幾兵衛も治平次も、鍼灸《しんきゅう》療治処に住みついている隠居が、北町奉行所の元同心であることを知っていた。その右善に声をかけられ、二人とも瞬時身をこわばらせたが、隠居という安堵感があったか、

「――へへ、旦那。人には息抜きってえもんが必要でさあ。そのための場を、あっしらは諸人《もろびと》に用意させてもらっているだけでさあ」

　と、幾兵衛は悪びれずに言ったものだった。

　右善は返した。

「――ほう、ほうほう。度を超しさえしなければな」

路上での立ち話である。治平次がかたわらでうなずきを見せていた。

その二人が明神下に近い、佐久間町のそば屋の二階で開帳している現場に、右善は踏込もうとしているのだ。

まだ停止令が出ていなくても、老中の意志を汲んだ奉行所はなかなか積極的で、挙《あ》げれば客は百敲《ひゃくたた》き、胴元や壺振《つぼふ》りなど開帳につながる者は江戸所払《ところばら》い、脇差《わきざし》や匕首《あいくち》を抜き役人に立ち向かった者は遠島になっていた。

丁半の声がひときわ大きく聞こえる。ふすま一枚向こうだ。熊の毛皮の治平次は、手燭を手にしたまま右善のうしろで身をこわばらせている。隠居とはいえ元北町奉行所隠密廻り同心が、丁半の現場に踏み入ろうとしているのだ。

勢いよく開けた。

「おおっ」

声がながれ、盆茣蓙を囲んでいた面々の動きが一瞬とまった。賭場といえば部屋の四隅に百目蠟燭《ひゃくめろうそく》が煌々《こうこう》と焚《た》かれているものだが、ここでは灯りが外へ洩れるのを恐れてか、蠟燭は一本だけだった。
七、八人の客が盆茣蓙を囲んでいた。
それらの面々は、ふすまを開けた姿がたすき掛けに鉢巻《はちまき》の役人ではなく、絞《しぼ》り袴《ばかま》に筒袖《つつそで》を着こみ、防寒用に厚手の半纏《はんてん》を着《つ》けた、界隈では馴染《なじ》みの右善の旦那であったことにホッとし、空気はいくらかやわらいだ。

右善はつとめて客たちの顔を見ないようにした。商家の旦那や番頭など、知った顔もあるはずだ。

右善につづいて部屋に入った治平次が、

「へえ、こういうことになりやして」

頭をかけば、部屋の隅で胴元の親分よろしく、箱火鉢《はこひばち》に向かってあぐらを組んでいた幾兵衛が、

「これは療治処の旦那」

言いながら腰を上げ、客たちの手前、臆《おく》することなく右善の前に歩み出て、

「ここがようお分かりになりやしたなあ。恐縮に存じやす」

などと辞を低くした。密告《さ》されたり捕縛されることなどまったく念頭にないといった風情である。さすがに胴元を張る男である。その所作は客たちに安堵を与えるものとなった。

右善は言った。

「馬鹿者。おめえたちゃご時勢を知らねえのか。不用心が過ぎるぜ。此処《ここ》なら陽が落

ちりゃあ通りを歩く者はいなくなり、安心して壺が振れると思ってやがったのだろうが、人がまったく絶えるわけじゃねえぜ。現に儂《わし》が通りかかったぞ。すると二階の雨戸のすき間から灯りが洩れていて、耳を澄まさなくても丁だ半だの声が川の水音に混じって聞こえてきたぜ」

「えっ」

「そ、それは……」

客たちのあいだから戸惑いの声が洩れた。

右善はつづけた。

「いま下を通ったのが儂のような隠居でなく、岡っ引か隠密廻りであってみろい。おめえたちゃいまごろこれだぜ」

「おぉぉ」

「うっ」

客たちは驚きの声を上げ、幾兵衛はうめき声を上げた。右善の苦無《くない》の切っ先が、幾兵衛の喉元《のどもと》にあてられていたのだ。

右善は外出のとき、かならず苦無を腰に提げている。医者や薬種屋の常備品で、右善がそれを腰に提げているのはきわめて自然だった。鋼鉄で打たれた、先端が尖《とが》った取っ手つきの土掘り道具である。出先で薬草を見つけたときなど、これで根を掘り起こすのだ。

右善が愛用しているのは、長尺十手《ながしやくじつて》ほどの寸法がある大型のもので、十手と異なって平たい鉾《ほこ》のような形状をしており、しかも先端が尖っており、十手術の心得がある者には、十手以上の武器となる。

鋼鉄だからけっこう重い。右善は隠居するまで、腰に大小を帯びていた。はずせば腰が軽くなり、かえって歩きにくい。それを補うのが大型苦無であり、右善には重宝《ちよう ほう》なものであった。

右善は言う。

「賭場ってのはなあ、どこでも奥まったところに開帳するもんだ。佐久間町の表通りは川沿いの絶壁の道ということで、おめえら慢心していたのだろうが、そいつは大やけどのもとだぜ」

言い終わったとき、苦無は右善の腰に収まっていた。客たちから安堵の声が洩れ、幾兵衛と治平次は、

「ふーっ」

大きな息をついた。右善はつづけた。

「お遊びのお人らもご時勢を考え、ほどほどにしなさらんと、ご家族を泣かせることになりましょうよ」

と、あとは悠然と階段を下りて行った。

部屋には、大きな安堵の息が洩れていた。

一階の店場では竜尾が提灯をかざし、

「無事、収まったようですね」

言うと、潜り戸から外に出た。

右善もつづいた。

下に水音を聞きながら、二階を見上げた。雨戸の内側で、慌ただしく人の動いている気配が感じられる。部屋を変えているのだろう。

実際、危ないところだった。隠密廻りや岡っ引でなくても、町内の商《あきな》い敵《がたき》でも通りがかり、二階に気づいて自身番に駈けこんだならどうなるか。胴元にも客にも相応の仕置が待つことになり、そば屋もテラ銭（場所代）がフイになるだけではない。どんな連座《まきぞえ》が待っているかわからない。

提灯が右善の手に移っている。二人はその灯りを頼りにまた横ならびになり、話しながら歩を進めていた。

「あのそば屋さんが、あのようなことに席を貸していたなど驚きでしたが、お客のなかに療治処《うち》の患者さん、いなかったでしょうねえ」

「わからん。客の顔は見なかったから」

「まあ、右善さんらしい。それにしても、これから厳しい世になろうというのに、幾兵衛さんも治平次さんも大丈夫かしら。なにか別に生活《たつき》の道は考えられないのでしょうかねえ」

「いちど無頼《ぶらい》の道に入ってしまうと、そこから抜け出すのはきわめて困難だ。あの二人の来《こ》し方《かた》は知らんが、抜け出すには、なにか生きるか死ぬかのきっかけが必要だろうなあ」

「どのような？」

と、右善と竜尾のあいだで、幾兵衛と治平次が話題になるのは、これが初めてだった。これまでは療治処の待合部屋で患者たちが話しているのを、なにげなく小耳にはさむ程度だったのだ。

「そりゃあ分からん。実際に直面してみないとなあ」

ここで話題は途切れかけたが、竜尾は気になるのかつづけた。

「幾兵衛さんは〝白河くずれの〟などとみょうな名を名乗っていますが、松平定信さまのご領地の奥州《おうしゅう》白河のことかしら。だとしたら、なんとも皮肉な。博徒とそれを厳しく取り締まろうとなさるご老中が国者《くにもの》同士だなんて」

「儂もさっきそれが気になってなあ。どうやら熊の毛皮の治平次も、国者同士のようだ。白河……そこに〝くずれ〟などと……」

二人の足はすでに水音の佐久間町を抜け、明神下の湯島の通りに入っていた。湯島一丁目で枝道に入れば、そこに竜尾の鍼灸療治処の冠木門《かぶきもん》が見える。

門扉《もんぴ》は閉じられていたが、潜《くぐ》り戸《ど》の小桟《こざる》は下ろされておらず、引けば開いた。

「なんとも遅いお帰りで。最後が佐久間町の患家と聞いておりましたで、あの道、心配しておりましたじゃ」

「味噌汁がさめてしまいましたで、もう一度あたためなおします。すこし待ってくださいな」

と、留造とお定は二人の帰りを待っていた。

療治処で陽が落ちてからの夕餉は珍しくないが、きょうはとくに遅かった。

夕餉を母屋ですませると、右善は裏手の離れに戻る。そこが右善のねぐらになっている。夕餉のあいだに留造が用意したか、手あぶりに炭火が入っており、部屋はいくらかあたたまっていた。

寝床を敷き、行灯《あんどん》の火を吹き消し、闇に包まれた部屋で掻巻《かいまき》をかぶった。

そば屋からの帰りに、竜尾の言った言葉が思い起こされた。〝白河くずれ〟の由来である。

「――奥州白河のことかしら」

奥州白河藩十万石の藩主は、老中の松平定信なのだ。これまで右善は、とりわけそこに関心を持つことはなかった。二人の存在は知っていても、どこにでもいるような遊び人の小悪党に過ぎず、町内に害を及ぼさねば、気にするような相手でもなかったのだ。

だが、きょうのように直接対応すると、その存在が気になってくる。思えば白河くずれの幾兵衛も、熊の毛皮の治平次も、来し方のわからない、得体の知れない男たちではないか。

（まさか、松平家が江戸市中に放った横目付《よこめつけ》……ではあるまい）

二人とも、藩主のご政道に背《そむ》く博奕を生業《なりわい》としているのだ。

（このご時世だ。こんど路傍《ろぼう》で会えば、意見してみるか）

思いながら、身は徐々に睡魔に包まれていった。

二

日の出とともに起き、朝日に井戸端がにぎわうのは、療治処も町場の家々と変わりがない。にぎわうといっても、住人は女鍼師の竜尾と下働きの留造とお定の老夫婦、それに裏の物置を改造した離れに住まう、見習いの児島《こじま》右善の四人だけである。

朝の一段落が終わると、八の字に開いた冠木門から患者が一人二人と入って来る。療治部屋も待合部屋も火鉢に炭火が入れられ、かなりあたたまっている。療治部屋では常に薬缶《やかん》から湯気が噴き出ている。患者ごとに薬湯を煎じ、また使った鍼を熱湯消毒するために必要なのだ。

「さあて。きょうの患者のなかに、幾兵衛か治平次と親しくつき合いのある者がおればいいのだがなあ」

「そんな患者さん、療治処《うち》にはおりませんよ。みなさん、ただうわさであの二人を知っているだけですから」

右善が薬研《やげん》で薬草を挽《ひ》く準備をしながら言ったのへ、竜尾が鍼の点検をしながら返し、

「右善どのは、以前の役務《やくむ》に戻られましたか。昨夜のお裁きには感心しましたよ」

と、やはり興味ありげにつづけた。療治部屋では、竜尾は右善を呼ぶのに〝どの〟をつけ、右善は竜尾を〝師匠〟と称《しょう》んでいる。

療治部屋と待合部屋は、ひとつの縁側で庭に面しており、患者は庭から縁側に上がって待合部屋や療治部屋に出入りする。

冬場は、縁側に面した明かり取りの障子は閉め切っている。

その障子をとおし、冠木門から人の入って来た気配が感じられた。


おなじ時刻、神田の大通りで、やがて右善が係《かか》り合《あ》わねばならない異変が起きていた。同時にそれは、幾兵衛と治平次にも関わるものであった。

日本橋《にほんばし》から神田川の筋違御門《すじかいごもん》まで神田の大通りがほぼ一直線に延びており、筋違御門を渡れば神田明神下の湯島である。その中ほどで、両国《りょうごく》へ向かう枝道へ入ったところに、牢屋敷のある小伝馬町《こでんまちょう》が広がっている。

変事はいま起きたばかりで、うわさはまだ筋違御門を渡っていなかった。

庭に人の気配を感じた右善は、

「さあて、きょうの始まりは誰かな」

待合部屋ではなく直接庭から療治部屋に招き入れようと、腰を上げたのと同時だった。障子越しに声が入って来た。

「へへ。右善の旦那、おいででやしょうかい」

伝法《でんぽう》な口調で右善を名指しする。患者ではない。

声ですぐにわかった。きのう話をしたばかりである。

「どういうことだ、向こうから来るとは。しかも、かような早い時分に」

右善はつぶやき、明かり取りの障子を開けた。

はたして白河くずれの幾兵衛と、熊の毛皮の治平次だった。

二人は縁側のすぐそばに立ち、

「きのうはほんとにありがとうございやした。この時分なら、患者のお人らはまだ来ていねえだろうと思いやして」

「お礼がてら、ちょいとお話がしとうござんして」

幾兵衛が言ったのへ、治平次がつないだ。

遊び人にとっては、この時刻はまだ搔巻にくるまって白河夜船《しらかわよふね》のころである。その時分に来るとは、やはり患者の来るまえに話をと無理をしたのだろう。

右善は縁側に立ち、二人を見下ろすかたちで言った。

「よし、わかった。おめえらには儂《わし》のほうからも訊きたいことがあってのう」

「ほっ、さようで。ならばちょいと上がらせてもらってよござんすかい」

言いながら幾兵衛は縁側の踏み石に足をかけた。

部屋の中から竜尾が言った。障子が開いたままなので、互いによく見える。竜尾はこの二人組とこれほど間近に相対するのは初めてである。きのうもずっと一階にいたため、二人と顔を会わせることはなかった。

竜尾にすれば、二人に興味はあるが、患者でもない遊び人を療治部屋に上げたくない。もうすぐ療治部屋にも待合部屋にも、大事な患者が入るのだ。

「右善どの、その人たちと話があるようですね。離れをお使いになっては」

「おお、そうじゃ。それがいい」

と、右善は竜尾の心情を解し、そのまま縁側から庭に下り、二人を裏手の離れにいざなった。療治部屋に右善がいないときには、留造かお定が入るので心配はない。その留造が気を利かせ、離れの手あぶりに炭火を入れに来た。

ひと間しかない離れで、三人は炭火の入った手あぶりを囲んだ。

「いやあ、旦那。町の人から聞いておりやしたが、お奉行所の元同心とは思えねえ、気さくなお方なんでやすねえ」

幾兵衛は感動したように言う。二人は端座《たんざ》に座ろうとしたところ、右善にうながされあぐらに座りなおし、しかも上下のない三《み》つ鼎《がなえ》のかたちになったのだ。

二人はあらためて昨夜の礼を述べ、

「旦那のおっしゃるとおり、あの崖の道ならと慢心しておりやした」

と、前置きするように語り、本題に入った。

二人は、昨今うわさになっている、一文でもまかりならぬという博奕《ばくえき》停止令《ちょうじれい》の件について、右善なら詳しく知っているだろうと訊きに来たのだった。

右善は応えた。

「ああ、ほんとうだ。いつから？　それは儂も知らん。おめえら、それまでに足を洗っておかねえと、下手《へた》すりゃあ死罪、よくても遠島は覚悟するんだなあ」

「や、やっぱり」

「し、死罪⁉　遠島？」

二人は顔を見合わせた。真剣な表情だった。右善は決して大げさに言っているのではない。

「で、幾兵衛よ。おめえ〝白河くずれの〟などと、二つ名をとっているそうだが」

と、右善のほうから訊きたい内容に入ろうとしたときだった。

離れの玄関口の腰高障子戸が勢いよく音を立てると同時に、

「大旦那！　こっちだと聞きやしたのでっ」

藤次《とうじ》の声が飛びこんで来た。熟達の岡っ引である。

「どうした！」

右善は幾兵衛への問いを中断し、腰を上げた。幾兵衛と治平次も部屋の急な動きに驚いたか、はねるように中腰になった。幾兵衛も治平次もご法度をかいくぐる遊び人であれば、声だけで岡っ引藤次とわかったのだ。

部屋からふすまを開ければ、狭いながら玄関の板敷きである。

右善はそこに立ち、土間に飛びこんだ藤次は、

「縄抜《なわぬ》けでさあ。丁半で茅場町《かやばちょう》の大番屋に引き挙げていた白河藩松平家の足軽《あしがる》一人と盗賊一人が、さっき牢屋敷への護送中に遁走《とんずら》こきやがって。それが筋違御門を渡り、こっちの外神田に逃げこんだようで」

さすがに藤次である。状況を端的に語った。だが、

「うっ」

と、土間に立ったまま口を押さえた。部屋に客人のいることに気づいたのだ。それ

に気づかず用件を口にしてしまったのは、藤次にしては迂闊《うかつ》といえた。

藤次は右善が現役時代に使っていた岡っ引で、隠居して役職をせがれの善之助《ぜんのすけ》に引き継がせるとき、

「――面倒をみてやってくれ」

と、頼んで善之助につけた熟練の男である。

はたして藤次の駈けこみに反応したのは、右善よりも幾兵衛と治平次だった。二人はどっと玄関の板敷きに走り出ると、

「親分！　さっき白河藩の足軽っておっしゃいやしたが、ほんとうですかい」

「そいつら、なんという名で」

幾兵衛と治平次が興奮気味に訊《き》いたのへ、

「なんでえ、おめえらだったのかい。なんでここに来ていやがる」

藤次はいくらか戸惑ったように問い返した。

息子の児島善之助は定町廻り同心で、内神田と外神田の神田川流域の一帯を受持ちとしており、明神下も佐久間町もその範囲内である。藤次が善之助についている岡っ引なら、当然その界隈の胡散臭《うさんくさ》い遊び人たちは掌握している。遊び人のほうでも、目の上のたんこぶになる岡っ引の顔は知っている。

藤次が戸惑ったまま視線を右善に移し、

「大旦那、これはいってえ……」

藤次は現役の善之助を〝旦那〟と呼び、隠居の右善を〝大旦那〟と称《よ》んで区別をつけている。

問われた右善も困惑気味に、

「つまり、けさ早く科人《とがにん》が縄抜けをし、この界隈に逃げこんだというのだな。そのうち一人が白河藩松平家の足軽……と。まあ、こいつらに聞かれてしまったのはしかたねえ。こいつらも白河にゆかりのありそうな吝《けち》な博奕打《ばくちう》ちで、捕まえるならいますぐにでも押さえられるが、逆に悪党の逃げ場を悪党に訊くのも一興《いっきょう》かもしれねえ。さあ、上がって詳しく話しねえ」

部屋のほうを手で示し、幾兵衛と治平次には、

「さあ、おめえらも部屋に戻れ。みょうな気を起こしやがったら、遠島が待っていると思え」

「へ、へえ」

二人は素直に応じた。なにぶん昨夜、現場を見られているのだ。右善にすれば、この二人をここで放つよりも、手許に置いていたほうが安心できる。〝白河くずれ〟の

二つ名と、さきほどの反応から、どうやら縄抜けをした白河藩松平家の足軽と係り合いがありそうなのだ。

離れの部屋に四人の男が、小さな手あぶりを囲んであぐらを組み、膝詰《ひざづめ》のかたちになった。もちろん座の差配は右善である。

「おかしいじゃねえか」

と、藤次に視線を向けた。

「大番屋で科人から口書《くちがき》をとり、お奉行から入牢《じゅろう》証文をもらって小伝馬町へ護送の列が出るのは、早くても午過《ひるす》ぎだぜ。いまはまだは朝のうちだ。なにか理由《わけ》でもあるのかい」

「へい。それが大ありなんで……」

藤次は応《こた》えると、視線を幾兵衛と治平次に向けた。藤次にすれば、幾兵衛たちの前で内輪《うちわ》の話をするのは憚《はばか》られる。

「かまわねえ」

右善が言ったのへ、幾兵衛と治平次は柄《がら》にもなく肩をすぼめ、恐縮の態《てい》になった。

「ならば」

藤次は話しはじめた。右善が、この二人の請人《うけにん》になったようだ。

おとといのことだという。隠密廻り同心の色川矢一郎《いろかわやいちろう》と、定町廻り同心で深川《ふかがわ》担当の松村浩太郎《まつむらこうたろう》が、かねて一人働きの盗賊で神出鬼没《しんしゅつきぼつ》と言われていた鬼三次《きさんじ》を捕え、茅場町の大番屋に引き挙げた。

「ほう、ましらの鬼三次を捕えたか」

と、その名は右善も知っていた。かつて旅の一座の軽業師で、右善も隠密廻りのとき、この盗賊にはあと一歩というところで逃げられた苦い経験がある。まるで奉行所の役人たちを翻弄《ほんろう》するのが趣味のような盗賊だった。

「おなじ日でやした。両国の料理屋の一室で、日を決めて賭場を開帳している与太《よた》がおりやして、隠れるでもなくお上《かみ》をなめたような客集めをしやがって、やり方が目に余りやしたので、善之助旦那が捕方を引き連れ、打込みやした。もちろんあっしの探索でやしたから、あっしも一緒でさあ」

「ほう」

右善は返し、幾兵衛と治平次はさらに肩をすぼめ小さくなった。

玄関の腰高障子が音を立てた。留造が盆に急須を載せ、四人分の茶を運んで来たのだ。おそらく竜尾に言われ、物見《ものみ》に来たのだろう。冠木門に飛びこんだ藤次がまっさきに声をかけたのが、幾兵衛たちとおなじ療治部屋だったもので、竜尾も離れのようすが気になるのだろう。

「おやおや皆さん、真剣なようすでござんすねえ」

言いながら留造は盆を部屋の中に置き、切羽《せっぱ》詰まった空気を感じたか、緊張した表情になって部屋を退散した。

藤次はひと口お茶でのどを湿らせ、話をつづけた。

「そのとき胴元と壺振りを含め、十人ほどを大番屋に引き挙げ、八人は翌日に口書がとれ、二人は侍《さむれえ》で口を割らず、口書がとれやせんもので、まだ茅場町に留め置いたままになっておりやした」

「それ、それが、白河藩の足軽だったのですかい」

喙《くち》を容《い》れたのは幾兵衛だった。

藤次は右善に視線を据えたままつづけた。

「そうらしいので。というのは、小伝馬町に送った胴元や客たちの供述から、二人はいずれかの藩の足軽で、名を次郎太《じろうた》と六郎太《ろくろうた》ということはわかりやした。苗字はわかりやせん。それが本名かどうかも……。ともかく次郎太と六郎太で。それがきのう、白河藩の横目付大番頭《よこめつけおおばんがしら》で森川典明《もりかわてんめい》と名乗る年配の侍が奉行所に来て、お奉行に二人の釈放を強談判《こわだんぱん》しやしたそうで。それで二人が白河藩松平家の足軽だと、逆に判ったしだいでさあ」

取り逃がした者のなかに、次郎太と六郎太のお仲間がいて、幸橋《さいわいばし》御門内の松平家藩邸に逃げ帰り、上司に報告したのであろう。そこですかさず横目付大番頭の森川典明が、両名の引き渡しを北町奉行所に迫ったのだろう。

だとすれば、白河藩松平家の対応は、きわめて迅速だったことになる。この一点からも、こたびの件を白河藩松平家が重視していることがうかがえる。

なるほど足軽は中間《ちゅうげん》と違って士分であり、すなわち藩士である。これから老中の松平定信が天下に向かって博奕停止令を出そうという矢先に、家臣のなかから賭博で町方に挙げられた者がいては、はなはだまずいことになる。だから一刻も早く次郎太と六郎太を奉行所から引取り、藩士の賭場への出入りなどなかったことにしたいのだろう。

「まさか、お奉行はそれを受けて解き放ち⁉」

「滅相もありやせん。その逆でさあ」

藤次は強い口調で返し、

「善之助旦那から聞いたのでやすが、お奉行の柳生久通《やぎゅうひさみち》さまは森川典明なる松平家の横目付大番頭を追い返され、善之助旦那に次郎太と六郎太を奥州無宿として口書を作成するように命じられ、お奉行もすぐさま入牢証文を用意されやした。それがきのう日暮れてからのことだったそうで。牢屋敷に入れてしまえば、老中といえどおいそれと手出しはできやせん。あとはお白洲での詮議を待つのみとなりまさあ。したが、暗くなってから小伝馬町の牢屋敷に護送するのは、きわめて危険ということで、ようやく詮議を終え口書もととのった盗賊の鬼三次と一緒に、きょう朝の早いうちにとなったのでございまさあ」

賢明な判断といえよう。茅場町の大番屋から小伝馬町の牢屋敷までは、日本橋を経て神田の大通りを進むことになる。人通りの絶える夜では、どのような妨害があるか知れたものではない。口には出せないが、白河藩の藩邸から秘かに藩士がくり出し、護送の一行を襲って次郎太と六郎太なる二人を奪い去らないとも限らない。そうなれば、北町奉行所は大失態をおかしたことになり、奉行の柳生久通は譴責《けんせき》の対象となるだろう。

「ふむ。それでけさ早くに護送することになったのだな」

「そのとおりで。護送役は善之助旦那と松村浩太郎さまで、それを隠密廻りの色川矢一郎さまが秘かに一行の周辺を警備されることになりやした。善之助旦那も松村さまも色川さまも、それにあっしもきのうから大番屋に泊まりこみでさあ。それでけさ、日の出とともに大番屋を出立《しゅったつ》いたしやした」

いよいよ話はきょうの〝縄抜け〟に入るようだ。

右善だけでなく、幾兵衛と治平次も肩をすぼめたまま、上体が前のめりになっていた。三人に見つめられた藤次の顔は、苦痛に歪《ゆが》んでいた。無理もない。護送する側にとって最も屈辱的な、科人に縄抜けされた話をしなければならないのだ。

三

それは日の出すこし前のことだったらしい。

外はすでに明るく、茅場町の大番屋は寒さと緊張に包まれていたらしい。

さきほど隠密廻りの色川矢一郎が、見まわりから帰って来たばかりだった。色川は右善の後輩であり、職人姿が似合う隠密廻り同心である。その色川が定町廻りの児島善之助と松村浩太郎にそっと言った。

「心されよ。日本橋付近に、武士とも町人のやくざ者ともつかぬ連中が、数人たむろしておりますぞ」

「ということは、見えぬところにも人数を出しているかもしれませんなあ」

探索している。

善之助は打込み用の長尺十手を手に、ぶるると身を震わせた。それをいま、藤次が

なにしろ相手の頭《かしら》は、奉行所支配の若年寄《わかとしより》をさらに差配する老中である。奉行所の動きはすでに察知しているようだ。

松村浩太郎が言った。護送差配の善之助も松村も、着物を尻端折《しりはしょり》に手甲脚絆《てっこうきゃはん》を着《つ》け、たすき掛けに鉢巻の打込み姿である。

「まあ、奉行所《こちら》の動きが松平屋敷に洩れるのは仕方ないとしても、昨夜は次郎太と六郎太、それに鬼三次も一つの牢に入れ、たとえ牢番でも近づけず、外部とのつなぎは一切できぬようにしたので、松平屋敷の者がどんな動きをしようが、次郎太と六郎太はなにも知らないはずですよ。屋敷の横目付が、解き放ちの強談判に来たことも」

仕掛ける側と救出される側に、じゅうぶんな意思の疎通がなければ、迅速な救出劇は演じられない。すこしでももたつけば、襲撃は失敗に終わる。

昨夜、善之助と松村と色川は鳩首《きゅうしゅ》し、そのような措置をとったのだ。そこに藤次も加わっていた。

一つの牢内だから、三人が話し合うことはできる。だが運ぶのは唐丸籠《とうまるかご》に一人ずつ乗せるのだから、三人がなにかを示し合わすことはできない。しかも一人は盗賊であ

り、松平家の足軽が、牢内とはいえ盗賊と一緒になったことを嫌悪こそすれ、

「――連《つる》むことはないでしょう」

昨夜、三人を一つの牢にまとめたとき、善之助は言ったものだった。

日の出を迎えた。

三人を牢から引き出した。唐丸籠がそこに用意されている。入牢証文には次郎太と六郎太を〝奥州無宿〟と記《しる》したが、白河藩松平家の足軽であることは明白である。やはりこれが善之助にも松村にも心理的な影響を及ぼしていた。頸《くび》から縄をかけ、うしろ手に肘《ひじ》を曲げ、高手小手《たかてこて》に厳重に縛り上げるのではなく、うしろ手に縛っただけで唐丸籠に入れた。鬼三次は盗賊である。高手小手に縛り上げた。

三人とも刀や匕首《あいくち》は取り上げているが、衣装は捕えたときのままである。髷《まげ》も抗《あらが》ったときの乱れたままである。

職人姿の色川矢一郎は、

「もう一度見に行く。沿道に不審な動きがあれば知らせるゆえ」

と、さきに大番屋を出た。

「しゅったーつ」

早朝のことで、与力は来ていない。善之助の号令で、唐丸籠の駕籠尻《かごじり》が地を離れ、

数歩進んだときだった。

「なんで俺だけ高手小手なんだよう」

縛られるときはおとなしかった鬼三次が不意に騒ぎはじめ、

「おっとっと」

担ぎ棒の捕方《とりかた》が均衡をくずし、駕籠尻を地につけた。

「こら、おとなしくせんか」

善之助は長尺十手で籠を叩いた。

おとなしくなった。

すぐに担ぎ棒の捕方は籠を担ぎなおし、ふたたび歩みはじめた。

この一部始終を次郎太と六郎太は籠の中から、凝《じ》っと見つめていた。

日の出とともに、往来には人が出はじめる。思いがけない唐丸籠の列に、誰もが道を開け、あとは興味深げに籠の中をのぞきこむ。先頭に善之助が歩を踏み、担ぎ棒の二人を入れて捕方が一つの籠に五人ずつつき、高手小手の鬼三次、うしろ手に縛られただけの次郎太と六郎太の籠がつづき、一番うしろに長尺十手を肩に担ぐように持った松村浩太郎がつづいている。

小伝馬町の牢屋敷には、きょうの朝早くに三人送りこむことをきのうのうちに通知している。その過程で、奉行所の動きが松平屋敷に洩れたのかもしれない。

日本橋にさしかかった。

まだ大八車や荷馬が江戸繁盛の響きを立てるほどではないが、棒手振《ぼてふり》の魚屋、職人姿、旅姿の者が出て、昇ったばかりの朝日を受けている。

疑えばそれらもそれらしく見えるが、色川矢一郎の職人姿が見えない。藤次もいない。色川が日本橋に戻ったとき、藤次はすでにいなかった。不審な者どもの動きに合わせているようだ。

日本橋を渡り、善之助はふり返った。最後尾の松村浩太郎がまだ橋板の中ほどで、長尺十手を持った手を上げ、

（無事）

合図を送った。

善之助はホッとし、ふたたび視線を前方に戻した。

神田の大通りである。神田川に架かる筋違御門《すじかいごもん》の火除地《ひよけち》の広場まで、南北に十四丁（およそ一・五粁《キロ》）にわたり、ほぼ直線なので見通しはいい。背後の日本橋とおなじような人影が朝日に動いており、まだ大八車や荷馬の列が土ぼこりを上げるほどには至っていない。だが、大通りの両脇にならぶ各種の商家は、いま雨戸を開けていると

ころもあれば、小僧か手代が出て暖簾《のれん》を掛けているところもある。それらの動きが、きょうという江戸の一日がすでに始まっていることを示していようか。普段よりもせわしなく感じるのは、極月十三日の煤払《すすはら》いの日を明日《あす》にひかえているせいであろう。あしたは江戸中が、お城の大奥《おおおく》から町場の長屋の路地にいたるまで、きょうとはまったく違った姿を見せることになるのだ。

神田の大通りは多くの枝道が東西に延びているが、その中ほどの東に延びる枝道を入れば、牢屋敷のある小伝馬町に入る。それを過ぎれば往還は両国広小路にいたる。

色川矢一郎はいま、その小伝馬町に入る枝道の近辺を、さりげなく行きつ戻りつしている。股引《ももひき》に腰切半纏《こしきりばんてん》の職人姿で、甲懸《こうがけ》を履いている。足首まで包みこむ紐《ひも》つきの地下足袋《じかたび》である。これを履けば足袋跣《たびはだし》とおなじように足元が軽く、敏捷《びんしょう》に動ける。まさしく隠密廻り同心の色川に合ったいで立ちである。さらに手斧《ちょうな》を肩にかけている。湾曲した三尺（およそ一米《メートル》）あまりの木の柄《え》の先端に鍬形《くわがた》の刃物を取りつけた、材木を平らに削る道具である。イザというとき、色川にはこれが武器になる。だが、大工が手斧を持っているのは自然の姿で、誰も武器とは思わない。もちろん、ふところには朱房の十手が入っている。

一度茅場町の大番屋に戻った色川矢一郎が、ふたたび小伝馬町の牢屋敷への道筋に引き返したとき、すでに日本橋に怪しむべき影はなく、左右に目を配りながら神田の大通りを小伝馬町に入る枝道の方向へ歩を踏んだ。そのとき、藤次が物陰からそっと近づき、

「やつら、この先にたむろしていますぜ」

耳元にささやいた。日本橋では浪人風体《ふうてい》が二人、脇差一本を帯びた遊び人風体が一人だったが、

「浪人風体のお武家が三人、脇差の遊び人風体が三人、全部で六人でさあ」

「ということは、まだいるということか」

「おそらく、六人ですべてのようで」

「ふむ」

色川はうなずき、藤次の言った〝この先〟の近くまで歩を進め、物陰にさりげなく人待ちでもするようにたたずんだ。藤次も近くの角に身を置いた。

まだ仲間がいるかどうか見極めたいが、それを探ろうとすれば逆に自分たちの存在が対手に知られてしまうことを、二人とも心得ている。二人は、相手側の意図を読んでいる。

（待伏せ？）

相違あるまい。藤次の言った〝この先〟とは、小伝馬町への枝道の角なのだ。イザというときには、不審な者どもを背後から襲う位置に二人はいる。

唐丸籠の一行はいま日本橋を渡り、神田の大通りを一歩一歩と小伝馬町への枝道に近づいている。出立《しゅったつ》のときに騒いだ鬼三次はおとなしくなり、高手小手のまま声を張り上げるようすもない。入牢証文では〝奥州無宿〟となっている松平家足軽の次郎太と六郎太は、日本橋を過ぎてから極度に緊張した表情になっていた。

善之助も松村浩太郎もそれを、

(無理もない)

そう思うだけだった。いかなる悪党でも、小伝馬町送りとなれば怯《おび》え、緊張するものである。

一行は乾物屋の前にさしかかった。あと家具屋や菓子屋など商家を二、三軒過ぎた角が小伝馬町への枝道である。

(伝えねば)

色川矢一郎が物陰を出て、一行の来るほうへ向かった。それを藤次は近くの物陰から見ている。向かったといっても、すでに目の前である。唐丸籠をのぞきこもうとする往来人を装《よそお》って近づき、善之助にそっと耳打ちする算段だ。

色川矢一郎と善之助の目が合った。善之助が気を利かせ、

「こらこら、近寄るな」

言いながら色川のほうへ歩み寄ろうとしたときだった。

「痛《いて》てて、旦那！　雪隠《せっちん》！　雪隠に行かせてくだせえっ」

「旦那、俺もだっ。もう、もうがまんできねえっ」

不意に次郎太と六郎太がうしろ手のまま、激しく身悶《みもだ》えはじめた。担ぎ棒の捕方が足をもつれさせる。

「どうした！」

善之助は色川から離れ、次郎太の籠に駈け寄った。

一番うしろの籠の鬼三次が声を上げた。

「旦那ア、俺もだ。朝めしの粥《かゆ》がおかしかった。近くで雪隠を借りてくだせえ。でなきゃあ、もう、ここでたれ流すうっ」

「おまえたちも、そうなのか」

善之助は次郎太と六郎太に問いかけた。

六郎太が言う。

「さ、さようで。もうだめだ、がまんできねえ」

「わかった」

善之助は目の前の乾物屋に飛びこみ、雪隠を借りる交渉をし、出て来るなり、

「そこの路地に入れ」

担ぎ棒の捕方に命じ、同輩の松村に大通りの警備を依頼し、籠と一緒に路地に入った。科人を商舗《みせ》の表玄関から入れるわけにはいかない。裏手の勝手口からである。

色川と藤次の眼前で展開された光景はそこまでだった。

一行は狭い路地に入り、善之助は次郎太の籠をはずさせ、うしろ手の縄を解き、捕方三人をつけ板塀の勝手口から乾物屋の裏庭に入れた。路地は唐丸籠が入ると、人が通れなくなるほどの幅しかない。

その狭いなかで善之助は六郎太の籠もはずさせ、うしろ手の縄を解いた。さらに鬼三次の籠もはずさせ、

「おまえはそのままもうすこし待て。順番だ」

警備のためである。

「旦那ア」

鬼三次は籠を台座からはずされたものの、高手小手に縛られた身を曲げたまま泣き

声を上げた。

　そのときだった。乾物屋の裏庭のほうで騒ぎが起こった。

　次郎太が縁側から裏庭に面した雪隠に入るなりすぐに飛び出て来て、外で見張っていた捕方二人に体当たりし、屋内へ走りこんだ。

「なにがあった！」

　善之助は裏庭に入った。次郎太が裏庭でなく屋内へ逃げこんだのは、まったく善之助や捕方たちの意表を突くものだった。

「追えっ」

　善之助は裏庭にいた捕方たちを差配し、屋内に走りこんだ。そこは乾物屋の家の中である。家人らが悲鳴を上げ逃げまどい、大騒ぎとなった。

　路地の出入り口を固めていた松村と捕方たちは、路地奥でなにがあったかわからない。騒ぎは路地よりも商舗《みせ》の中から聞こえて来る。松村は捕方たちを差配し、乾物屋の前を固めた。

　路地には同心がいなくなり、担ぎ棒の捕方たちだけになった。

　するとどうだろう、高手小手に戒《いまし》められていた鬼三次がすっくと立ち、肩からも腕からも縄がぱらりと下に落ちたではないか。

大番屋を出たときである。鬼三次は〝なんで俺だけ〟と騒いだ。そのときに手首の関節を調整して縄をはずし、露顕《ばれ》ないようにその縄を両手で握りしめ、この機会を待っていたのだ。

驚く担ぎ棒の捕方を鬼三次は不意打ちのように突き飛ばし、勝手口の外に立っていた六郎太に、

「さあ、六さん。奥へ！」

六郎太を急《せ》かせ、入って来た大通りではなく、さらに路地の奥へと走った。

狭い路地である。空になった唐丸籠がじゃまになり、担ぎ棒の捕方たちはすぐに追えない。それよりも、裏庭に入った差配の同心に事態を知らせねばならない。誰が知らせ誰が追いかけるか、即座に差配する者がおらず、

「あわわわ。逃がすなっ」

「駕籠がじゃまだっ」

「児島さまと松村さまに知らせねばっ」

瞬時、混乱した。

「走れ！」

「おう」

鬼三次は六郎太を急かせ、路地奥の角を曲がった。

次郎太はどうなったか。表と裏の　差配の同心二人と捕方たちを一身に引き受け、家屋の裏手からおもての店場のほうへ逃げ、大通りへ飛び出したところで、待ち構えていた松村とその捕方たちに取り押さえられ、中から追って来た善之助はそれを見るとホッとひと息ついた。

そこへ担ぎ棒の捕方が一人、善之助を追うように屋内から飛び出て来た。

「一人が縄抜けし、もう一人とともにっ……」

逃げたことを告げた。

善之助が驚くよりも早く、

「ううっ」

うめいたのは六尺棒に押さえこまれた次郎太だった。

(鬼三次と六郎太はうまく逃げた)

覚《さと》ったか、思わず叫んだ。

「くそーっ。あの盗賊野郎に嵌《は》められた」

その言葉が善之助は気になったが、逃げた二人を放ってはおけない。

「あとを頼みましたぞ」

松村に言うと捕方を引き連れ屋内に取って返し、裏庭に出てさらに路地へ。残りの担ぎ棒の捕方たちはいない。鬼三次たちを追ったのだ。善之助は慌て、手許の捕方たちを差配し、近辺に走る以外なかった。

乾物屋の前である。

松村浩太郎も〝嵌められた〟との次郎太の言葉が気になった。長尺十手で次郎太の頭を打ち据え、質《ただ》した。

「どういうことだ」

「こ、こうすりゃあ逃げられる、とあの盗賊野郎に言われた。なにもかも、あやつの指図どおりにやったのだあっ」

次郎太は六尺棒で顔を地面に押しつけられ、叫んだ。

松村は解した。昨夜牢内で三人が一緒になったとき、鬼三次は次郎太と六郎太たちと反目し合うどころか、逆に話し合っていた。鬼三次は二人に言ったのだろう。

「――雪隠を飛び出したあと、外へ逃げるんじゃねえ。逆に家の中へ飛びこみ、家の者らを混乱させるのだ。そこをかいくぐって逃げるのだ」

すべて鬼三次の策だったようだ。もちろん〝雪隠〟はその舞台をつくるための芝居だった。

四

驚いたのは色川矢一郎と藤次だった。色川が善之助に近づき不審な者がこの先の角に、と告げようとした直前の出来事である。

このとき色川と藤次は、押さえこまれた次郎太の叫びを聞いた。まだ朝のうちというのに、乾物屋が役人に踏込まれたようなかたちになり、心配そうにとなり近所からも人が出て、野次馬はかなりの数になった。職人姿の色川と町人風体の藤次はそれらのなかにまじり、事態を見守った。路地の状況も二人はのぞいたが、狭いところで右往左往している捕方たちを見て、

（逃げられた）

ことを覚《さと》った。取り押さえたのは、目の前で押さえつけられている次郎太だけのようだ。

（おかしい）

色川と藤次の脳裡を同時によぎった。二人の予測では、一行が角を曲がるときに、たむろしている者どもがなんらかの狼藉《ろうぜき》を働き、

（次郎太と六郎太を奪う）

はずだった。もちろん、それは阻止する。

だが、乾物屋での騒ぎは、角の者どもと示し合わせた動きではない。角の者どもはなんら動いていないのだ。

（双方はつなぎを取っていない）

昨夜の善之助と松村の措置は、その点では奏功《そうこう》していた。

角にたむろしている者どもも驚いていようか。そやつらにとっては、まったくの手違いが生じたことになる。

だが、そやつらは臨機応変か、不意に動きを見せた。

松村が路地から唐丸籠を乾物屋の前に呼び寄せ、

「さあ、こやつを駕籠の中に閉じこめろ」

「はっ」

担ぎ棒の捕方は応じ、次郎太を引き立てようとする。

「くそーっ」

次郎太は髷も着物も乱し、憤懣《ふんまん》やる方ないようすである。次郎太は、鬼三次が逃げるための囮《おとり》にされたのだ。

そこを警備する捕方は、松村浩太郎差配の三人と担ぎ棒の二人だけである。他はすべて善之助の差配で路地奥に走っている。

「捜《さが》せ、追うのだ」

善之助は狭い路地の奥で長尺十手を、鬼三次と六郎太の逃げたほうを示し、捕方たちを走らせた。もちろん善之助も走った。だが、とっさのことで一帯を走りまわるだけで、区割りを決めて聞き込みをする余裕もない。

異変があったにしては、大通りでの警備は少なすぎる。全体の統制がまったく失われているのだ。隠密廻りの色川と岡っ引の藤次はあくまで影の存在であり、狙う者がいる限り、そやつらの前でイザというときまで役人に合流することはできない。

そうしたときだった。角から脇差を帯びた遊び人風三人が、乾物屋に向かって飛び出した。抜刀こそしていないが、叫んでいる。

「あの野郎、賭場でイカサマやってやがったやつじゃねえか！」

「ここで会《お》うたはさいわい！」

「野郎、おとしまえ、つけさせてもらうぜ！」

周囲にも、はっきりと聞こえる口調だった。

「寄るな！」

　松村浩太郎は長尺十手を前に突き立てた。

　三人の捕方は六尺棒を手に身構え、担ぎ棒の二人は次郎太を両脇から支えたまま、不意の事態に茫然としている。うしろ手に縛られた次郎太の身は、唐丸籠の外へむき出しになっている。次郎太も事態が呑みこめず、茫然となっている。

「寄るな、寄るな！」

「下がれっ、狼藉《ろうぜき》は許さんぞっ」

「そこの野郎、許せねえんだ！」

　遊び人と捕方たちが揉み合いになった。

　野次馬たちに混じり、すこし離れて事態を見守っている色川と藤次はハタと気づいた。

（目的を持った言いがかり）

　である。

「どうした、どうしたっ」

「朝から、なんの騒ぎなのっ」

　乾物屋の前の人囲いはみるみる大きくなる。

　遊び人たちが捕方たちと揉み合いになると同時だった。ふくらむ野次馬たちの動きに混じり、浪人風体の三人が走った。

「狼藉者はどいつだあっ」

「お役人、助勢いたすぞーっ」

「きゃーっ」

野次馬の中から悲鳴が上がる。なんと浪人風体たちは抜刀しているではないか。

「ん？」

「はて？」

藤次も色川も瞬時、首をひねった。浪人風体たちは、たしかに〝お役人、助勢いたす〟と叫んだ。

(遊び人風体たちの仲間ではないのか)

いましばし、ようすを見る必要がある。二人とも、互いに距離を置きながら唐丸籠から目を離さなかった。

野次馬たちは長尺十手の松村や六尺棒の捕方たちと同様、抜刀し叫びながら走り来る浪人風体たちに視線を向ける。人囲いに悲鳴が上がり、あとずさりし道を開ける。

松村は浪人風体たちに、

『かたじけない』

言うべきか否《いな》か迷い、捕方三人はさらに戸惑っている。

その間隙《かんげき》を、遊び人風体たちは突いた。それら三人は脇差を抜いていない。それだけ注目の的にはならない。うしろ手に縛られた次郎太に三人は飛びかかった。

「あぁぁ」

藤次は思わず声を上げた。

「おっ」

すかさず驚きの声を洩らしたのは、手斧《ちような》を肩にかけた色川だった。

飛びかかった三人の遊び人たちはすぐさま次郎太から離れ、

「逃げろ！」

一人が言うなり逃げ出し、野次馬に紛れこんだ。

走りこんだ三人の浪人風体たちは、

「助太刀でござるっ」

「おっ、逃げるぞ！」

「追えっ」

抜刀のまま、野次馬たちのほうに向かった。というより、紛れこんだと言ったほうが適切かもしれない。人囲いは乱れ、あちこちに悲鳴や驚愕の声が上がる。

「おおぉおぉ」

捕方の一人がようやく気づいた。次郎太がその場にくずれ落ち、大量の血を流している。

「なんと！」

松村は横たわる次郎太に走り寄った。すでに虫の息である。深い刺し傷が脾腹《ひばら》の前後に二カ所。松村は覚った。

(助からぬ)

大勢のなかで、この一部始終を見ていたのは色川と藤次のみである。

すかさず二人は間合いを詰め、

「おまえは遊び人風体どもだ。俺は浪人風体たちを追う」

「がってん」

職人姿と町人姿は人囲いを抜けた。藤次の目は確かだった。浪人風体と遊び人風体はともに三人ずつで、仕掛け人はこの六人だったようだ。

鬼三次と六郎太を無秩序に追って逃げられた善之助と、目の前で次郎太を殺され一人も捕縛できなかった松村浩太郎……重なる失態である。

五

療治処の離れである。

「それでいまは？」

問いを入れた右善は、藤次の話が進むにつれて険《けわ》しい表情になっていた。

「へい。お奉行所から与力の旦那も出張《でば》りなさって、内神田の町々の自身番はほとんど捕方の詰所《つめしょ》となり、大人数で鬼三次と六郎太の足取りを追っていまさあ」

「うーむ。双方に手違いが重なったようだな」

右善はつとめて穏やかな口調で返した。

「手違い？　どんな」

問いは白河くずれの幾兵衛だった。熊の毛皮の治平次と、極度に緊張した表情で藤次の話を聞いていた。

「わからんか」

右善は言い、

「遊び人風体と浪人風体の六人は、白河藩松平屋敷の者とみて間違《まちげ》えねえだろう。六人の仕事は、次郎太と六郎太を奪い取ることじゃねえ。騒ぎを起こし、どさくさに紛れて殺すことだったのだろう」

「げえっ」

うめきとも驚きともつかぬ声を洩らしたのは治平次だった。

右善はつづけた。

「その算段が、盗賊の鬼三次の登場でくずれてしまった。六人組の策が次郎太と六郎太に伝わらず、二人は鬼三次の策に乗った。それが雪隠の芝居だろう」

「そのように思われやす」

現場を見ていた藤次が肯是《こうぜ》する。

右善はさらにつづけた。

「松平屋敷から遣《つか》わされた六人衆の差配役は、相当な人物のようだ。手違いのあったことを覚《さと》ると、すぐさま次善の策を立てた」

「たとえ一人でも殺そうと……？」

と、幾兵衛。

「そうだ。それで遊び人風体の三人をくり出し、間髪《かんはつ》を容《い》れず浪人風体が走り、遊び人風体どもを追うかたちで、六人がともにその場から遁走する。そのときにはすでに次郎太は殺されている。なんとも鮮《あざ》やかではないか」

「するってえと、その六人衆、つぎに狙うのは六郎太……」

また幾兵衛が喙《くち》を容《い》れた。顔が蒼ざめている。治平次も同様だった。

右善はその二人に視線を向けた。

「おめえたち、盗賊の鬼三次はともかく、白河藩足軽の次郎太と六郎太を知っているようだなあ」

「そ、それは」

口ごもった声は治平次だった。

右善の言葉はつづいた。

「まあ、よい。それはあとで聞こう。それよりも藤次よ」

「へえ」

「おめえ、さっき鬼三次と六郎太が筋違御門の橋を渡り、この明神下に逃げこんだようなことを言ったが、根拠はなんだ。それに色川と申し合わせ、おめえは遊び人風体どもを追ったのじゃなかったのかい。それの首尾はどうだったのだ」

「へえ、見つからずじまいで」

藤次は頭をぴょこりと下げ、

「もしやと思い、筋違御門の火除地《ひよけち》で屋台の用意をしていたお人ら数人に訊いたんでさあ。すると、得体の知れねえ髷の乱れた男が二人、筋違御門のほうに急いでいたのを見た、と。身なりを聞くと、鬼三次と六郎太の二人に相違ありやせん。御門の番所に変わったようすはありやせんでしたし、番士のお人らは事情をまだ知っていなさらねえでしょうから、そのまますんなり通したものと思われやす」

「ふむ、あり得ることだ。それでどうした」

「へえ。ともかくこのことを善之助旦那にと思い、取って返しやした。善之助旦那はもう血眼《ちまなこ》になって、神田の大通り一帯に聞き込みを入れておいでやした。二人が筋違御門を渡ったようだと話しやすと、すぐさま明神下の療治処に走って大旦那の指示を仰《あお》げ、と。それでここへ走って来たって寸法でやして。やつら二人が筋違御門の橋を渡ったかもしれねえことは、まだあっしと善之助旦那の胸の中だけで、誰にも話しちゃおりやせん。大旦那の指示を仰ごうと思いやして」

「ふむ、それでよい。いい判断をしてくれた。礼を言うぞ」

「いえ、そんな」

「儂に考えがある」

「へえ」

それを善之助と藤次は期待していたのだ。

右善は言った。

「おめえはもう一度、善之助の許に走り、外神田には一切捕方を入れるなと言っておけ。松村にもだ。明神下に逃げこんだやつらを派手に追いつめると、松平も人をくり出し、かえって二人の命は危《あや》うくなる。さらに取籠《とりこも》りでもされた日にゃ、住人にどんな危害が及ぶか知れたものじゃねえ。ここは秘かに始末をつけにゃならねえ。なにぶん、あしたは煤払いの日だからなあ。そうそう、浪人風体を追った色川の首尾はどうだった」

「それでやすが、色川の旦那とはあのあと、つなぎが取れておりやせん。おそらく、やつらを尾《つ》けておいでかと」

「ふむ、情況はわかった。ともかく鬼三次たちが筋違御門の橋を渡ったらしいことは、まだおめえと善之助の胸にだけ収め、他には伏せておけ。おめえは目鼻がつくまで、儂と善之助のつなぎ役をするのだ。場合によっちゃ、儂についてもらうぞ。さあ、行け」

「へいっ」

返事をしたとき、藤次はすでに腰を上げていた。

藤次の欠けた部屋は、極度の緊張に包まれた。

手あぶりをはさみ、幾兵衛と治平次の二人が右善と対座するかたちになった。二人はいつのまにか畏《かしこ》まるように、あぐらから端座になっていた。

右善はあぐら居のまま、

「おめえら」

二人を睨《にら》んだ。

「へ、へえ」

「も、もう」

幾兵衛と治平次は肩をすぼめた。二人は右善に、大番屋へ引かれ牢屋敷に送られて然《しか》るべき弱みを握られているのだ。

「おめえらの出自《しゅつじ》はおいおい聞くとして、六郎太と鬼三次がなにゆえ筋違御門の橋をこっちへ渡ったか、わかっているだろうなあ」

「へえ、まあ」

白河くずれの幾兵衛が返した。

「なら、行こうか」

「へえ」

二人は右善にうながされ、腰を上げた。

藤次が急を告げに来たとき、幾兵衛と治平次を帰さず、部屋にとどめ話を一緒に聞かせた思惑は当たったようだ。二人ともすっかり右善の手下《てか》のようになっている。弱みを握られているからだけではない。二人の挙措《きょそ》は、元隠密廻り同心の隠居に心服《しんぷく》しているようである。

玄関を出ながら右善は二人に言った。

「おめえら、家の戸締りはどうなっている」

「へえ、そりゃあもう。大事《でえじ》なものがありやすから」

「うぉっほん」

思わず返したのは治平次だった。それを幾兵衛が咳払《せきばら》いで制止した。

気になる。しかしいまは、神田明神下に逃げこんだと思われる盗賊ましらの鬼三次と、白河藩松平家の足軽六郎太の行方である。この場で二人の出自も〝大事なもの〟とはなにか、質《ただ》すことはしなかった。

右善は藤次の話を聞きながら、幾兵衛と治平次の異様な挙措から二人が奥州白河の国者《くにもの》同士で、

（次郎太と六郎太を知っている）

と看《み》て取ったのだ。互いに知り人なら、遁走すれば逃げこむ先は、

（こやつらのねぐら）

だから、戸締りの具合を訊いたのである。

並みの同心なら、気づけば即座に動くだろう。だがそれをせず、落ち着き最後まで話を聞いたのは、右善が御用を幾十年も勤めてきた人物だったからである。

藤次の話を聞きながら、右善の脳裡は回転していた。

雪隠の策を練った鬼三次は、次郎太が取り押さえられることを想定していたのだろう。ともかくおもてで騒がせ、自分は裏から逃げる……その魂胆《こんたん》である。うまく行った。当面の逃げ場としては、次郎太と六郎太の知《し》る辺《べ》を頼ることにした。六郎太にすれば、仲間の次郎太がどうなったかはわからないが、時間さえ稼げば、

（――お屋敷が手を打って助け出してくれる）

あるじが老中の松平定信であれば、考えても不思議はない。むしろ自然かもしれない。

二人は筋違御門を渡り、知る辺を訪ねた。だが、留守だった。戸締りも厳重で中に入ることができない。

（ならばいずれかに取籠《とりこも》り……）

右善は予測した。きわめてまずい状態である。秘かにその場所を突きとめ、あとは取籠った者を興奮させないように事を運び、人質を無事に救出しなければならない。そのためにも、騒ぎが大きくなってはならない。だから、役人が明神下に入って来てはならないのだ。それに、なによりも気をつけなくてはならないのは、

(次郎太が殺されたことを知られてはならない)

もし六郎太がそれを知ったなら、誰によって殺されたか察しがつき、屋敷がなんらかの手を打ってくれるなどといった甘い考えは吹き飛び、破れかぶれになるだろう。そうなれば、

(人質になった者の安全はおぼつかなくなる)

それを思ったとき、右善は身をぶるると震わせた。

離れの玄関口で、治平次の言った〝大事なもの〟とはなにか、二人の出自がどこでいかなる背景を背負っているのか、右善が訊こうとしないことに、幾兵衛はホッと安堵の表情になり、

「旦那、ともかく、あっしらのねぐらに案内しまさあ。あとは旦那の差配に従いやすので、よろしゅうお願《ねげ》えしやすぜ」

「わかっておる」

右善は返した。

六

療治部屋にも待合部屋にも、すでに患者が入っている。療治処には毎日のように町のうわさが入り、同時に広める場ともなるのだ。

患者たちが、博奕打ちの幾兵衛と治平次が療治部屋でも待合部屋でもなく、右善の離れに来ていたことを知ると、それだけでなんらかの事件を連想するかもしれない。冬場のことで、縁側に面した明かり取りの障子は閉まっていようが、それでも用心のためである。

「おまえたちはそこから出ろ」

と、右善は板塀の勝手口から二人を外に出した。勝手口は離れのすぐ近くで、療治部屋と待合部屋に面した庭を通らずに外へ出ることができる。

右善は一人でおもての庭にまわった。縁側の踏み石に、四人分ほどの下駄や草履《ぞうり》がならんでいる。

「師匠、ちょいと所用で出かけるゆえ」

療治部屋に声をかけた。

「あらあら、きょうは右善どの、忙しそうですねえ。で、午《ひる》はどうします」

言いながら竜尾は障子を開け、縁側に出て来た。

幾兵衛と治平次が来たあと、藤次が来てしばし話しこんで行ったのだから、なにやら面倒があったことに竜尾は気づいている。だから患者の療治を中断して、わざわざ縁側に出て来たのだろう。

右善は庭先から、縁側に立った竜尾に応えた。

「ああ。すぐ近くだが、昼めしに帰って来るか外ですませるか、まだわからん。そうそう、儂の苦無《くない》がそこにあるじゃろ。ちょいと取ってくれんか」

「えっ」

竜尾の整った顔がかすかに緊張した。この返答で、出かける目的がかなり面倒なことを竜尾は覚ったのだ。

「なんですかねえ。どこかで薬草の根でも掘りなさるか」

言いながら留造が療治部屋から、右善の長尺の苦無を手に縁側へ出て来た。療治部屋の手伝いには、留造が入っているようだ。

右善の声に、待合部屋の障子が開き、

「右善の旦那、またどこかの夫婦喧嘩の仲裁でも頼まれたかね」

言いながら腰痛の婆さんが顔をのぞかせた。部屋の中から他の患者のなごやかな笑い声が聞こえて来る。内神田のうわさは、まだ外神田には伝わってない。

明神下界隈で、いずれかの飲食の店で理不尽な客が因縁をつけているとか、路上で酔っ払いが暴れているなどの騒ぎがあれば、すぐさま誰かが療治処に走る。右善が出向けば、たいていの騒ぎは収まる。ときには裏長屋の夫婦喧嘩の仲裁に駆り出されることもあるのだ。

「ああ、夫婦喧嘩ほど始末に負えぬものはないからなあ」

「そうとも、そうとも」

右善が応えると、待合部屋の中から声が返って来た。なごやかな雰囲気のなかに、

(これでいいのだ)

胸中にうなずきながら、右善は留造から苦無を受け取り、腰に提げた。

そこへ、

「へいっほ」

「へっほ」

療治処の冠木門に町駕籠《まちかご》が入って来た。権三《ごんざ》と助八《すけはち》である。療治処とおなじ明神下の裏長屋に住む駕籠屋で、午前中は療治処のお抱《かか》えのようになって、足腰の弱い患者の送り迎えを請け負い、午後には近辺の町々をながしている。行ったさきざきで二人は町々のうわさを聞き、右善の耳役《みみやく》になっている。それがまた権三と助八にとって、駕籠舁き仲間への自慢になっていた。

三八駕籠は、いつもの明神坂上の豆腐屋の婆さんを運んで来たのだ。

縁側の前に権三と助八は駕籠尻をつけると、

「さあ、肩につかまりねえ」

と、婆さんを介添えして待合部屋に入れた。

右善もそれを手伝い、ひと息つくと前棒《まえぼう》の権三が、

「旦那、お出かけですかい。さっき冠木門を入るとき、幾兵衛《へえ》と治平次を見かけやしたぜ」

「いたいた。なんだかこの療治処に用でもあるみてえに」

後棒《あとぼう》の助八がつづけた。

「ほう、そうか」

右善は軽く返し、冠木門のほうへ向かった。

右善は背に竜尾の声を聞いた。

「権三さんと助八さん、いいところに帰って来てくれました。患者さん一人、いまから佐久間町まで運び、すぐ帰って来てくださいな。さっき湯島二丁目の美濃屋《みのや》さんからお手代《てだい》さんが来て、動けば引きつりそうなので、来てもらいたいって」

「ああ、あの太物店《ふとものだな》の旦那ですかい」

右善は冠木門を出て、もう療治処内のやりとりは聞こえなくなった。

右善も湯島二丁目の美濃屋ならよく知っている。この界隈では二丁目の呉服屋さんと呼ばれている。商《あきな》っているのはおもに綿《めん》や麻《あさ》の庶民的な織物で、値の張る絹《きぬ》織物に対しそれらを太物といった。界隈の住人に馴染《なじ》んでいるお店《たな》である。

美濃屋のあるじは定右衛門《さだえもん》といって、四十がらみの痩せ型で、足のこむら返りが持病のため、定期的に竜尾の療治処に来て鍼を受けていた。ときおり発作があり、足の裏から腿《もも》のあたりにかけて引きつり、そのときの痛さは尋常ではない。起こりそうなときには自覚があり、最初は軽く引きつり、動けば本格的なこむら返りとなるのだった。

じっとしておればそのまま収まることもあるが、念のため駕籠を呼び、そっと療治処に運び、鍼療治で発作を抑えようというのだろう。そうした患者の扱いに、権三と助八は慣れている。竜尾も手代の話から、急を要する発作ではないと判断し、権三と助八に佐久間町のあとでなどと余裕を持って依頼したのだった。

（権三と助八も、重宝なやつらだわい）

思いながら右善は、冠木門のある枝道から湯島の表通りに出た。

「旦那、随分と遅かったじゃねえですかい」

と、勝手口から出た幾兵衛と治平次が待っていた。

「それに旦那、やっぱりそれを持って行きなさるかい」

「むろんだ」

幾兵衛が言ったのへ右善は返した。町の者には総髪の右善が苦無を腰に提げているのが自然の姿に見えても、遊び人の二人にはやはり武器に見える。しかも昨夜、幾兵衛は喉元にそれを突きつけられ、動きを封じられたのだ。

「さあ、行こうか」

右善は二人をうながし、湯島二丁目のほうへ歩を進めた。

幾兵衛と治平次のねぐらは、美濃屋とおなじ湯島二丁目にある。神田明神と湯島聖堂にはさまれた町場で、美濃屋は表通りに面しており、二人のねぐらはその裏手で、ふた間しかなく庭もない、空き地に仮に建てたような小さな家作《かさく》だった。それでも玄関や縁側はそなえている。美濃屋の脇の路地を入ればすぐそこに行き着く。権三と助八の裏長屋も湯島二丁目で、幾兵衛たちのねぐらのすぐ近くである。

七

療治処の右善が遊び人の幾兵衛と治平次と肩をならべて歩いていると、町の者には奇異に見えるのか、ふり返る者もいた。

「これは療治処の旦那、なにかありましたのか」

声をかける者もいる。町の者はいずれも、右善が元北町奉行所の同心であったことを知っている。それと遊び人の組合せに、往来人は首をかしげるのである。

「ああ、ちょいとな」

右善は軽く返した。

歩を進めながら、二人に念を押した。

「戸締りはしているというが、こじ開ければ中に入れるのではないのか」

「あははは、旦那らしくもねえ。人の目がありまさあ。空き巣狙いじゃあるめえし」

幾兵衛が返した。そのとおりである。不審な者がおれば、すぐ人が療治処に走るだろう。

三人の足は美濃屋の前を過ぎ、ねぐらへの路地に入った。

「なんだおめえたち、こんな近くに住んでいやがったのか」

「へえ、まあ。まえまえから、一度ご挨拶にと思っていたのでやすが」

また幾兵衛が返す。右善がそこを訪れるのは初めてだった。

「ここでさあ」

治平次が言い、小さなたたずまいの玄関の前に身をかがめた。なるほどそこは、表通りからは隠れるような場所に位置している。路地はさらに奥へつづいており、ときおり住人が通るのみである。

二人が言ったように、玄関口は慥《しか》と戸締りがしてあり、脇の縁側の雨戸も閉じられていた。朝早く療治処に来たから、きょうはまだ開けていないのだろう。玄関の前にしゃがみこんだ治平次が、戸の下のほうをいじくっている。中に誰もいないとき、外からでも開けられるような仕掛けがあるようだ。珍しいことではない。どの家でもそうした仕掛けはしている。右善の離れにはそれがない。療治処の中であり、右善の留守のときに来客があれば、気軽に入って右善の帰りを待つためである。

「開きやした」

治平次が腰を上げ、雨戸をはずしさらに腰高障子を開けたときだった。

「あれえ、これは療治処の旦那。こんなところにおいでとは」

と、不意に背後から声をかけて来た女がいた。右善の前で立ち止まった。表通りのほうから入って来たようだ。野菜を盛った笊《ざる》を抱えており、路地奥の長屋に住むおかみさんだった。

「ああ、ちょいとこいつらに話があってなあ」

「旦那がですか?」

右善が返したのへ、おかみさんは不思議そうに首をかしげた。右善だからおかみさんは立ち止まったのだろう。これが幾兵衛と治平次だけなら、避けるように通り過ぎたことだろう。おかみさんは言う。

「さっきさあ、あたしがおもてへ出るときでしたよ。夕方じゃあるまいし、朝っぱらから髷《まげ》の乱れたみょうな男が二人、その雨戸を叩き、さらに縁側のほうにまわって、そこでも叩き。それもさあ、あたりをはばかるような叩き方だったので、あたしゃ物陰からそっと見ていたのさ」

「どんなやつだったい。で、どうなった」

幾兵衛が一歩前に進み出た。重大な証言である。

「なんだね、あんた。気色悪《きしょく》い」

右善がいるから、おかみさんは強気である。

「儂も聞きたい。で、どうなった」

右善の問いに、おかみさんは語った。

「ただそれだけさね。すぐいなくなってしまったさ。そうそう、消え方がみょうだったよ」

「えっ、みょう？　どんなふうに」

問いは治平次だった。真剣な表情になっている。

「なんだね、あんたも。気色悪いねえ」

おかみさんは右善がそばにいるものだから、ここぞとばかりに町内で目障《めざわ》りな遊び人に悪態をついている。

右善がさきを急かせ、おかみさんはまた語った。

「それが、一人が慌てたようにもう一人の袖を引き、逃げるようにこの向こうに消えたのさ。あたしらの長屋のほうじゃなくてよかったよ。変なのはそれだけじゃないんだよ」

「どんなふうに」

また訊いた幾兵衛をおかみさんはじろりと睨み、

「表通りのほうから、ほら、そこの筋違御門の番士さんが二人、急ぐようにこの路地へ入って来たのさ、六尺棒を小脇に」

「なんだって？」

こんどの声は右善だった。

おかみさんはつづけた。小さな玄関前での立ち話になっている。

「それがさあ、さっきおもての八百屋さんで聞いたのだけど、八百屋さんも番士さんがおもての通りに出て来ているのを見たって。それも二人。ね、みょうだろう」

「ふむ、みょうだ」

右善は首をかしげた。外曲輪《そとくるわ》の御門の番士は、五千石級の旗本家から出ている。橋と御門の警備だけで、町場の案件に係り合おうとはしないものである。

おかみさんは、右善が首をかしげたのを満足そうに見て、

「あたしゃまだあしたの煤払いの用意をしなくちゃねえ。あんたらみたいに暇人じゃないから。そうそう、ここに来ていた二人、あんたらとおなじ臭いがしたよ」

と、幾兵衛と治平次の臭いをクンクンと嗅《か》ぐ真似をし、路地の奥のほうへ下駄の音を響かせた。おかみさんはきっと、日ごろ胡散臭《うさんくさ》く思っている町内の遊び人二人に悪

態をつき、からかうことまででき、溜飲《りゅういん》を下げたことだろう。

「なんでえ、あの婆ア」

治平次がおかみさんの背を、いまいましそうに見送った。

右善にとっては、おかみさんの捨て台詞《ぜりふ》がきわめて重要だった。

「――あんたらとおなじ臭いがしたよ」

おかみさんは言った。その二人は、六郎太と鬼三次に間違いない。世の枠組《わくぐみ》からはずれた者は、それらしい独特の臭いがするものである。

六郎太と鬼三次は近くにいる。しかも御門番所の番士が町場へ出て来るなど、

(なにかが動いている)

右善は感じ取り、

「ともかく中に入ろう。策を練らねばならぬ。そうそう、治平次」

「へえ」

「おめえ、療治処にとって返し、岡っ引の藤次が来ていねえか見て来てくれ。来ていたら、こっちへ連れて来るのだ。行きも帰《けえ》りも走るな。平常を装うのだ。来ていなかったら、しばし儂の離れで待て。きっとつなぎがあるはずだ」

「がってん」

治平次は表通りに向かい、右善と幾兵衛は部屋に入った。

縁側の雨戸を開けると、部屋の中は寝床が乱れたままになっている。

「見苦しいところを、申しわけありやせん。すぐかたづけやすから」

と、幾兵衛が急いでかたづけにかかった。

夜具はかたづき、ひと息ついたものの、部屋は雑然としている。日ごろの暮らしぶりがうかがい知れる。

玄関口に腰高障子を開ける音が立った。治平次が戻って来たのだ。なんとも早い。

「へえ、途中で藤次親分とばったり出会いやして。そのままこちらへ」

玄関口で治平次は言う。

右善が玄関に出ると、

「療治処の枝道に入ろうとしたときでさあ。この野郎に声をかけられ、大旦那はこちらだと言うもので」

藤次は玄関口に立ったまま言い、そのうしろになんと神田の大通りで浪人風体を尾《つ》けて行った職人姿の色川矢一郎が手斧を肩に、立っているではないか。やはり、事態はなにやら大きく動いている。

「至急、知らせたいことがありやして。与力のお方らにも内緒でやして」

色川が言った〝与力のお方ら〟の言葉に、

「えぇえ！」

幾兵衛は驚きの声を上げた。

雑然とした部屋の中に、五人の男がそろった。

色川は職人姿だが、さっきから藤次の色川への接し方、さらに色川の右善へのようすから、それなりの奉行所の役人であることを、幾兵衛も治平次も察したようだ。幾兵衛と治平次のねぐらであるにもかかわらず、二人は畏《おそ》れ入るようにひと膝下がって端座したが、右善に言われてあぐらに足を組みかえた。その姿で肩をすぼめ、小さくなっている。

「さあ、聞こうか」

色川も二人の存在をあらかじめ藤次から聞いていたか、この場で内輪の話をすることに躊躇《ちゅうちょ》しなかった。

色川は職人姿のとき、それに見合った話し方になる。

「藤次から、鬼三次と六郎太が筋違御門の橋を渡ったらしいことは聞きやした。右善さまのお考えも一緒に……。それであっしと藤次の二人だけで明神下に入ることにしやして、イザ打込みのときには定町廻りの善之助どのと松村浩太郎どのにすぐつなぎが取れるよう話はつけておきやした」

　幾兵衛と治平次は〝定町廻り〟と聞いて、すぼめた肩をびくりと動かせ、さらに小さくなった。

　右善の視線はまだ色川に釘づけられたままだった。

「色川よ、儂に伝えてえことはそれだけではなかろう。さっき御門番所の番士が町場をちょろちょろしてたが、それに関わる話があるんじゃねえのかい」

「そのとおりで」

　色川は応え、言った。

「新たに奉行所から出張《でば》って来なすった与力のお方から聞いたのでやすが、松平屋敷が驚くほど迅速に動かれたようです」

「ほう」

　右善は返し、〝松平屋敷〟と聞いて幾兵衛と治平次は、また肩にぴくりと反応を見せた。右善がこの二人の前で色川と藤次に話させたのは、その反応を見るためでもあった。

　色川はつづけた。

「筋違御門の番士が、このあと午《うま》の刻（正午）を期して、松平家と交替するそうで。

松平家じゃ、横目付を出す段取りをしているそうで」

「なんだと！」

「理由は、あしたの煤払いが内神田も外神田もとどこおりなく進むようにと」

理由にならない。

「つづけろ」

右善の表情は変わった。

「へえ。番士を出している旗本家は、奉行所の者が科人に逃げられたことに気づき、それのせいだろうと解釈したようです。それで橋を渡ったかもしれねえと判断し、交替するまでにせめてそれらしいやつらの足取りが探れないかと、明神下の町場に番士を入れたようで。このことはあっしが直接、見まわっている番士から聞きやした。もっともこれは、あっしが番士のほうから、胡乱《うろん》な素振りのやつを見かけなんだかと訊かれたのでやすが」

「あの素人《しろうと》どもめが」

右善は声を荒げ、

「うーむ」

うめき、そして言った。

「松平家は、六郎太も殺すつもりのようだな」

「そのようで」

色川は肯是《こうぜ》し、

「次郎太を殺《や》ったのも、松平家の者に間違《まちげ》えありやせん。あっしがやつらを尾《つ》けたのでやすが、やつらめ、日本橋の料亭に入《へえ》って行きやした。そこに誰が接触するか、見張りは同輩に任せ、あっしは右善さまに報《しら》せなくてはと、詰所にしている自身番に戻って来たところへ藤次が駈けこんで来て、それで一緒にこちらへ来たって寸法でやして」

「なるほど」

と、右善は浪人風体たちを尾行したはずの色川がここへ来たことに得心すると、幾兵衛と治平次に顔を向け、

「おめえら二人、白河藩松平家とどんな係り合いがあるのかまだ聞いていねえが、場合によっちゃ、おめえらも狙われるんじゃねえのかい」

「そ、それは」

「ううっ」

幾兵衛と治平次は肩をすぼめたまま、絶句の態《てい》になった。

さらに右善は、ねぐらの戸締りを訊いたとき、治平次の言った〝大事《でえじ》なものがありやすから〟の大事なものとはなにか、部屋の中を見まわしたが、それらしいものは見当たらなかった。

それはそれとして、右善は色川、藤次、幾兵衛、治平次を見まわして言った。

「慎重にやらねばならぬ。ともかく町の住人に、一人でも犠牲者を出してはならぬ」

それだけではない。善之助と松村浩太郎のためにも、鬼三次と六郎太を、生きたまま引き渡さねばならないのだ。

色川と藤次は無言でうなずき、幾兵衛と治平次は、賭場を開帳しているときよりも緊張した表情になっていた。

陽はすっかり高くなっている。筋違御門の番士が、旗本家の足軽から松平家の横目付と交替するのは間もなくである。

このとき、北町奉行所に驚くべき知らせがもたらされていた。けさ松平屋敷で足軽が一人、不逞《ふてい》の行為があったとの理由で切腹を命じられ、実質的には斬首されたというのである。その足軽こそ、両国の賭場で善之助が捕方を差配し、藤次も加わって打込み、取り逃がした一人だった。松平屋敷はいよいよ、護送中に逃走した六郎太を捨て置かないようだ。

その松平屋敷は、まだ六郎太と鬼三次が筋違御門の橋を渡ったことに気づいていない。橋を固め、通れば押さえる算段なのだろう。おそらく神田川の他の橋も同様に固め、内神田の町々にも横目付を入れることだろう。

六郎太と鬼三次が橋を渡り、神田明神下に入ったことを知っているのは、右善と藤次、色川矢一郎、児島善之助、松村浩太郎、それにまだ得体の知れない幾兵衛と治平次の七人だけなのだ。そこに、右善の思惑があった。

右善は幾兵衛と治平次に言った。

「おめえら、もう勘づいていようが、ここまで知ったからにゃ儂の差配どおりにしなくちゃならねえぜ」

「へえ。それは、もう」

「承知いたしておりやすです、はい」

幾兵衛と治平次はぴょこりと頭を下げた。

二　取籠《とりこも》り

一

探索の範囲は右善の思惑どおり、神田の大通りを中心とした内神田一帯に集中している。

そのなかで、

「うーむむっ。松平さまは、六郎太も抹殺《まっさつ》する気だな」

「鬼三次も一緒のはず。やつも危ないぞ」

松平屋敷が両国の賭場から逃げ帰った足軽一人を斬首したとの報が北町奉行所に伝わったとき、戦慄《せんりつ》とともに言ったのは、児島善之助と松村浩太郎だけではない。いま内神田一帯に出張《でば》っている与力も同心たちも同様だった。

六郎太に逃げられた善之助、それに鬼三次捕縛の手柄を立てながらも、目の前で次郎太を殺害された松村は、この事態を招いた当事者そのものなのだ。

北町奉行所内では、足軽斬首の報が入ったとき、松平屋敷の思惑を判断する材料をすでに得ていた。

浪人風体の三人を尾《つ》け日本橋の料亭に入ったのを確認した色川矢一郎は、監視の継続を同輩の隠密廻りに頼み、自身は藤次と一緒に外神田の右善の許に急いだ。そのあとすぐだった。監視を依頼された隠密廻りは、白河藩松平家の家士が一人、その料亭に入るのを確認した。顔を知っていた。松平屋敷の横目付大番頭《おおばんがしら》の森川典明《もりかわてんめい》だった。

このことから、次郎太を殺害した遊び人風体の三人と浪人風体の三人が、松平屋敷の横目付であることが推察された。というより、断定してよいだろう。しかも大番頭が直接現場近くに出張って来るなど、こたびの件を松平屋敷がいかに重視しているかがうかがえる。

湯島二丁目のねぐらでは、右善、色川、藤次、それにさっきから畏《おそ》れ入りっぱなしの幾兵衛と治平次の五人が、深刻な表情で鳩首《きゅうしゅ》している。

このねぐらの雨戸を叩いたあとの、鬼三次と六郎太の足取りである。奥の長屋のおかみさんの話では、御門番所の番士を見て逃げるように去っている。

さいわいなのは、奉行所と松平屋敷の手の者が、まだ明神下に入っていないことだった。奉行所も松平屋敷も、間が抜けているのではない。逃走騒ぎの始まったのはけさである。ならば逃げた二人はまだ内神田の範囲内とみるのは、きわめて自然なことだった。

午《ひる》に番士を交替するのは遅すぎるが、決定は早くても、城中での連絡や手続きに時間を要したのだろう。それでも決定を即刻実施とは、早いといえようか。もっとも松平屋敷がそうと決めた時分には、鬼三次と六郎太はすでに筋違御門を抜けていたのだが……。

「おそらく、やつら二人め。まだこの近くにいやすぜ」

藤次が言ったのへ、

「えっ」

と、幾兵衛と治平次は怖れるような声を洩らしたが、右善と色川は無言で肯是《こうぜ》のうなずきを見せた。

右善が幾兵衛と治平次に言った。

「おめえら、身に覚えはねえかい。人に追われているときは、人影がすべて追っ手に見えるものだ」

「ううっ」

幾兵衛と治平次がそろってうめき声を洩らした。

鬼三次と六郎太は、すでに明神下にも手がまわっていると思っているだろう。現に六尺棒を小脇にした番士の姿を見ているのだ。

二人は外を歩くことの危険を感じたはずである。どこに身を潜めるか……。いずれかに人質を取り、

（取籠《とりこも》る）

藤次はそれを〝まだこの近くにいやすぜ〟と言ったのだ。

ならば、

（どこに）

探索するにも、細心の注意を払わねば、

（人質の身が危うくなる）

考え過ぎではない。

路地奥の長屋のおかみさんが、まだ物陰から見ていたときである。

鬼三次と六郎太は逃げる身であれば、次郎太の安否を気遣う余裕などない。頼りにした幾兵衛と治平次は留守だった。雨戸をこじ開けるわけにはいかない。それどころか、六尺棒の番士が来る。

（——見まわり）

思うのが自然であろう。実際にそうなのだ。鬼三次と六郎太は急いでその場を離れ、枝道の奥に入った。番士はなおもあとを尾《つ》いて来る。目をつけられたのかもしれない。誰何《すいか》されたならどう応《こた》える。焦りは増す。さらに枝道を進み角を曲がった。商家の裏手のようだ。不意に目の前の勝手口が開き、女中が出て来た。鬼三次たちは驚いたが、女中も驚き声を上げかかった。

とっさの出来事だった。二人は示し合わせたわけではない。鬼三次が女中に飛びかかって腕をうしろにねじり、口を押さえた。あざやかな手並みだった。

そのまま鬼三次は女中を勝手口の中に押しこんだ。裏庭だった。六郎太は素早く鬼三次につづき、勝手口を閉めた。ゆっくりと来る番士に、その現場は見られなかったようだ。そこがいずれの商家の裏庭か、二人は知るはずもない。

「おめえ、やるなあ」

思わず六郎太は言った。

二人とも刃物は持っていない。だが、持っているふりはできる。女中は突然の恐怖に声もない。鬼三次と六郎太はすでに人質を一人得たのだ。

右善の口が動いた。

「とりあえず、藤次」

「へい」

「ここで凝《じ》っとしていても始まらねえ。この近辺をふらりと見て来い」

のんびりしているようだが、決してそうではない。右善も色川も藤次も、内心は焦っているのだ。

藤次が腰を上げたのへ、

「俺たちも一緒にっ」

幾兵衛が言って腰を浮かせかけ、熊の毛皮の治平次もつづこうとした。

「ならねえ。おめえらはここで凝《じ》っとしているのだ」

「し、しかし」

治平次が返した。二人とも、凝っとしておられないようだ。

「座れといったら座れ」

色川が強い口調で言い、二人は腰をもとに戻した。

鬼三次と六郎太がいずれかに取籠り、内側から家人や奉公人らを脅《おど》しているとすれば、熟練の見まわりならおもてからのぞいただけで緊迫感はわかる。藤次はさりげなくふるまい、それを嗅ぎ出そうというのだ。だが、幾兵衛と治平次が出たのでは、二人とも緊張し、どのような不祥事が起こるか知れたものではない。

近所をふらりとまわっているだけだから、さほど時間はかからない。だが、右善と色川には長く感じられる。

二人は語り合った。

「やつらはいったん取籠りゃあ、もうあとには退けず、それをつづける以外《いげえ》ありやせんでしょう……暗くなるまで。それで逃げおうせると思うて……」

「おそらくな。なあに、明るいうちに、善之助と松村に打込みの機会をつくってやるさ」

藤次が帰って来た。

「だめでやした、外からのぞいただけじゃ」

慎重過ぎて、成果を得られなかったようだ。

右善は言った。

「それでよし。時がたてばたつほど、取籠ったほうも籠られたほうも、疲れが出て来るはずだ。そこをまた見まわる。こんどは儂《わし》も行くぞ」

色川と藤次はうなずいた。

二

「このまま二丁目に行こうぜ」

「おう、がってん」

と、佐久間町の患者を送り、空駕籠《からかご》で湯島に戻って来た権三と助八が、一丁目で療治処への枝道に入らず、そのまま湯島の通りを二丁目に向かった。竜尾から、湯島二丁目の太物店《ふとものだな》美濃屋《みのや》の旦那を迎えに行くように頼まれている。旦那の定右衛門にこむら返りの持病があり、その発作が起きそうだというのだ。美濃屋は表通りに面しており、すぐ近くである。

商舗《みせ》の前に駕籠尻をつけ、

「へい、お待たせ。旦那は大丈夫ですかい」

「なんなら、裏へまわりやしょうか。肩をお貸ししやすぜ」

威勢よく美濃屋の暖簾を頭で分けた。定右衛門に力を入れさせぬよう、そっと駕籠に乗せ、慎重に療治処まで運ぶのだ。

その権三と助八が療治処の冠木門を入って来た。竜尾は定右衛門を待合部屋ではなく、直接療治部屋に入れようと縁側に出た。

「あら。美濃屋さん、行かなかったのですか。頼んでおいたのに」

駕籠尻を縁先につけた二人に、竜尾は言った。

空駕籠だったのだ。

せっかちな前棒の権三が言った。

「行きやしたよ。ところがどうでえ、あの言いぐさは」

「どうもみょうですぜ。いつもの美濃屋さん、ああじゃねえんですがねえ。番頭の為《ため》八郎《はちろう》さんも、女中のおセチさんも」

落ち着きのある後棒の助八がつないだ。

（おかしい）

竜尾は直感し、庭に下りた。

縁側の踏み石に、草履《ぞうり》が二足、下駄《げた》が一足ならんでいる。患者が療治部屋にも待合部屋にもいる。

竜尾は縁側からすこし離れたところへ歩を進め、二人と向かい合った。

また権三が、

「まったく腹が立つぜ」

言いかけたのを手で制し、

「どのようにみょうなのですか」

低声《こごえ》になって視線を助八に向けた。

「へえ。それが、なにか事情がありそうなようすで」

助八は竜尾に合わせ、低声で語った。

権三と助八が威勢よく美濃屋の店場に入ると、番頭の為八郎が慌てて通せん坊をするように立ちふさがり、

「――うちの旦那さまはもう大丈夫で。お帰りください」

手で追い払うしぐさをし、奥から女中のおセチが出て来て、

「――そう、そうなんです。もう治りましたから。お師匠《しょ》さんにもさようにお伝えください。さあ」

と、二人に早々に退散するようにうながしたという。

その場面だけを聞けば、勇み肌の権三が怒るのも無理ないが、為八郎は物腰のやわ

らかい人物で、おセチも古くから美濃屋にいる奥向き女中である。二人とも旦那のこむら返りの症状が自然におさまったのなら、頼んでいた駕籠に祝儀のひとつも包むはずであり、追い返すようなことをするはずがない。

それにまた権三が、

「そういやああいつら、なんだか切羽詰《せっぱつ》まっていやがったなあ」

横合いから言った。

おかしい。あしたは煤払いの日というので、どの民家でも商家でも武家でもきょうは落ち着きがない。だが、権三の言いようは、そのような慌ただしさではない。

まだ午前《ひるまえ》で内神田のうわさは伝わって来ておらず、竜尾は鬼三次や六郎太のことなどまったく知らない。だが、美濃屋定右衛門は療治処の患者であり、気になる。

(右善どのに知らせておいたほうがいいのでは)

判断した。しかし、行き先を聞いていない。朝早くに幾兵衛と治平次が来て、岡っ引の藤次まで来たものだから、

「悪いけど、二丁目の幾兵衛さんと治平次さんのところへ行けば、右善どのの行き先がわかるかもしれません。ちょいと行っていまの話、右善どのにもしておいてくださいな」

「えぇえ、右善の旦那があいつらのねぐらに？」

「なにか、いわくありげでやすねえ」

と、権三と助八もまだ内神田には出ておらず、事件の発生を知らないが、助八は異常を感じ取ったか、

「へい、ねぐらの場所は知ってまさあ。おう、権《ごん》、行こうぜ」

権三をうながした。駕籠は療治処に置いたままだった。

竜尾は庭に立ったまま二人の背を見送り、心配になってきた。美濃屋定右衛門のこむら返りは、症状があらわれはじめ、軽い場合はそのまま凝っとしておれば収まることもあるが、鍼を打たなければ動いたときなどにまた発作が起き、そのときは七転八倒の痛さに襲われるのだ。そのために、定右衛門はほぼ定期的に竜尾の鍼療治を受けているのだ。

（定右衛門旦那、大丈夫かしら）

思いながら縁側に上がり、療治部屋に戻った。

異常はそれだけではなかった。

右善たちはいま、静かに待ちの態勢に入っている。

思えばさまざまな知らせが入り、事態はめまぐるしく動いた。筋違御門の番士が松平屋敷の横目付に代わる午《ひる》にはまだ間があるが、

「腹が減ったなあ」

右善がふと言ったのがきっかけか、この場の全員がそれを感じた。

藤次が腰を上げながら、

「あっしがちょいと三丁目の梅野屋《うめのや》へ行って、なにかみつくろって来やしょう」

「あっしも行きまさあ」

治平次も腰を上げた。

梅野屋は惣菜《そうざい》などの大振りな仕出し屋《しだや》で、神田明神があって旅籠の多い明神下界隈で重宝されている。

内神田の小柳町《こやなぎちょう》の米屋で上州屋《じょうしゅうや》の娘お登与《とよ》を、息子惣太郎《そうたろう》の嫁に迎えるとき、小柳町で暴徒の打毀《うちこわ》し騒動があり、右善がひと肌脱ぎ竜尾も奔走したことから、梅野屋は一家をあげて療治処に感謝している。その婚儀《こんぎ》は、この極月《ごくげつ》（十二月）上旬にあったばかりである。当然、右善と竜尾、それに藤次も招かれた。

その梅野屋へ藤次が行くのへ、熊の毛皮をまとった博奕打《ばくちう》ちがついて行ったのではどうも具合が悪い。

職人姿の色川が言った。

「藤次、梅野屋は出前もやっているだろう。それを頼んだらどうだ」

「それがいい。治平次はここでおとなしくしておれ」

右善も言い、治平次は不満そうに腰をもとに戻した。色川が言ったのは、幾兵衛と治平次をまだ信用しておらず、このきわどいときに目を離すのは危険と感じたためだった。右善は、遊び人と岡っ引が肩をならべて町を歩くのは、藤次のために好ましくないと思ったからだった。

その藤次の帰って来るのが意外と早かった。

「梅野屋はきょう、煤払いをやっていやした」

と、言うのだ。なるほどあしたは家々が、かまどの灰まで掃き出す。煮炊きはできない。惣菜屋は大忙しとなる。だから梅野屋は毎年一日前に煤払いをし、十三日は大忙しの商い日となっていたのだ。

藤次は言った。

「若旦那の惣太郎さんが店場の煤払いを差配してやして、あっしが行くとしきりに恐縮してくれやしてねえ。さっきも美濃屋の女中が蒼ざめた顔で来て、商《あきな》っていないことに気づき、困ったように帰って行ったというんでさあ。美濃屋さんじゃきょう台所だけ煤払いしているのかななんて、惣太郎さん首をかしげていやしたよ」

「ん？」

右善も首をかしげ、色川も気づいたようだ。

言った藤次も、

「あっ」

と、声を上げた。勘づくものがあったのだ。

美濃屋なら、毎年のことで惣菜の梅野屋がきょう煤払いをしていることを知っているはずである。美濃屋にはそれも忘れるほど、昼の用意もできないほど切羽詰まった事態が発生している……。

幾兵衛が、

「どうしたんですかい、みなさん真剣な顔をしなすって。なんならあっしがそば屋に出前でも頼んで来やしょうかい」

などと言う。

すでに右善、色川、藤次は、腹が減ったなどと言っておられなくなっている。

「よし、儂《わし》が探りに行こう」

右善が言い、腰を上げようとしたときだった。

玄関に勢いよく腰高障子の開く音がして、

「おう、幾兵衛どんと治平次どん、いるかい。ちょいと訊きてえことがある」

威勢のいい声が部屋まで入って来た。

「えっ、あの声。権三じゃねえか。どうして」

と、幾兵衛や治平次よりも藤次が腰を上げた。権三の声がすれば、助八も一緒に違いない。

権三と助八が、幾兵衛たちのねぐらに来るのも異常である。

(竜尾どのの遣《つか》い？　療治処に善之助の知らせが入ったか)

右善は思い、

「かまわねえ、そのままここへ上げてくれ」

「へい」

藤次は玄関に出た。

右善も藤次もそれに色川も、すでに幾兵衛と治平次のねぐらを、まるで取籠り対策の詰所のように扱っている。幾兵衛も治平次も知らずそれを受け入れている。二人とも、博奕打ちである自分たちの前で、なんの隠し事もしない元同心の右善に、すっかり参ってしまっているようだ。

藤次にいざなわれ、権三と助八が部屋に入って来た。

「あれえ、藤次親分だけでも驚いたのに、右善の旦那に色川の旦那まで」

権三が頓狂《とんきょう》な声を上げ、助八は言う。

「療治処のお師匠に言われ、ちょいと話が。ここで話していいですかい」

「おう、いいぞ。ともかく座れ」

右善は手で畳を示した。

六畳の部屋に男ばかり七人もあぐらを組めば、それこそ膝詰《ひざづめ》の状態である。ますますそこは、右善差配の詰所のようになった。

「旦那がそうおっしゃるんなら話しやすがね」

と、権三が幾兵衛と治平次をジロリと睨んでから言った。

「療治処のお師匠に言われ、ほれ、ここからすぐそこの美濃屋の定右衛門旦那を迎えに行ったのでさあ。するとどうでえ、まったく腹の立つ……」

「それがどうもみょうな具合で」

と、不満ばかりでなかなか肝心なところに入らないので、途中から助八が引取り、尋常ならざるものを感じたことを語り、

「するとお師匠が、このことをそのまま右善の旦那にお知らせしろ、と」

「ふーむ」

右善はうなり、色川、藤次と順に顔を見合わせ、

「決まりだな」

色川も藤次も、無言のうなずきを返した。

目に見えない緊張の糸がそこに張られた。

「どういうことですかい」

権三が怪訝《けげん》な表情になり、問いを入れた。

「うーむむ」

右善はまたうなった。策を考えているのだ。

権三も助八も、幾兵衛も治平次も、むろん色川も藤次も、右善の皺《しわ》を刻《きざ》んだ顔に視線を集中している。権三と助八などは、

「…………？」

と、なぜ竜尾から三八駕籠の二人が美濃屋の異常を右善に伝えるように頼まれたのか、伝えると右善たちが異常な緊張を示しはじめたのか、まったくわけがわからない。

右善も説明しようとしない。

珍しいことである。いつもなら権三と助八が町のうわさを右善に伝え、そこから右

善がさらに詳しく話を集めるように依頼するのだが、いまは二人とも使い走りだけで、事態のながれからはまったく蚊帳《かや》の外に置かれている。

その二人に右善は訊いた。策が浮かんだのだ。

「おめえたちがこっちへ来るとき、療治処に患者は幾人いた」

訊かれた意味がわからないまま、権三がふてくされたように、

「そんなのわかるかい。障子が閉まってたからよう。まあ、療治部屋に一人はいたようだが」

「あ、そういやあ、縁側の踏み石にいくつか草履や下駄がありやした。二、三人、いや三、四人か。まあそのくらいで」

助八がつないだ。

右善は言った。

「ふむ、そう多くはないようだな。よし、決まった」

「え、いかように」

色川も藤次も、右善がどう決めたのか、にわかにはわからなかった。わかることといえば、取籠られているであろう美濃屋のためにも、さらに右善がせがれを含む後輩たちの失態をできる限り小さく抑えるためにも慎重に対応し、かつ早急に、

（美濃屋の者に犠牲者を出さず、六郎太と鬼三次を生け捕りにする）

ことである。

そのためには、松平屋敷の横目付たちの向後《こうご》の動きが気になる。筋違御門の番士の交替は、間近に迫っているのだ。

三

それにしても、取籠っている場所が思ったよりも早く特定できたのは、不幸中のさいわいだった。竜尾と権三、助八、それに梅野屋の惣太郎、さらには幾兵衛、治平次たちのおかげである。

（みんな、礼を言うぞ）

右善は胸中に念じていた。

いま右善は、権三と助八をともない、療治処に戻っている。

午前の最後の患者が帰ったところである。三八駕籠が送って行くほどもなく、おなじ一丁目の隠居だった。

陽は中天にかかり、筋違御門の番所では番士が五千石の旗本家の足軽から、老中であり十万石の松平屋敷の横目付たちと交替していることだろう。

留造とお定は奥の台所に入っている。

老夫婦の二人は右善から、

「師匠も儂もめしを喰うておるひまはない。いくらか遅くなるゆえ、十人分くらい用意しておいてくれ」

言われたのだ。療治処での差配は竜尾であり、あくまで右善は見習いなのだ。だがこのときばかりは、右善のなにやら周囲に有無を言わせない雰囲気に、竜尾も留造、お定も圧倒されていた。

まだ灸《きゅう》の煙が立ちこめている療治部屋に、右善と竜尾、それに権三と助八が膝をそろえている。

権三と助八もここまで係り合ったからには、話しておかざるを得ない。この二人なら話しても、口止めさえすれば洩れる心配はない。だが、話せば二人とも張り切り、見張りに探索にと動き、かえってそれが町の住人たちに、療治処になにやら異変が起きているようだと勘ぐられる。気をつけねばならない。

だが、内神田の話題が外神田にながれて来るのは時間の問題で、すでにながれて来ているかもしれない。そこへ筋違御門の番所を、これまでと毛色の違ったのが固め、往来人を居丈高《いたけだか》に睨みはじめれば、話に尾ひれがつくかもしれない。

　療治部屋の障子は閉じられている。

　事態を聞いた竜尾は、

「えぇえ、善之助さまが！　まさか」

　驚愕の態になり、権三などは、

「そ、そんなら、川の向こう、どうなっているか、ちょっくら見て来まさあ」

　はたして、勇んで腰を上げたほどである。もちろん助八が引き止めた。

　さきほど幾兵衛たちのねぐらで右善が策を話し、職人姿の色川矢一郎が、

「――それでは」

　と、出かけたとき、権三も助八もまだ事態がよく呑みこめていなかったのである。

いまようやく動きの全体像を解した。竜尾と権三、助八の役割も、右善はすでに決めていた。

　権三と助八はさきほどのふてくされた表情を吹き飛ばし、

「へへん、がってんでさあ」

「美濃屋さんを助けるため、町のためでさあ」

　言ったものである。

竜尾は静かに、

「承知しました」

整った顔をさらに引き締めた。

だが、権三と助八には、さっきからどうも腑に落ちないことがあった。

「ねえ、旦那。しかしねえ」

と、それを助八が口に出した。

「幾兵衛と治平次の野郎でやすが、あいつら遊び人ですぜ。それがなんで右善の旦那の手下みてえに……」

「そうそう、なんなんですかい、あいつら」

権三がつづけた。

右善はにが笑いし、

「まあ、人それぞれで、あいつら、根っからの悪党じゃなさそうだ。ひょんなことからつき合いができてなあ」

言いながら竜尾にちらと視線を向けると、竜尾も苦笑し、軽くうなずいた。

権三も助八もそれを見て、

「そうなんですかい」

「まあ、旦那もお師匠もそうなんでやすなら」
と、遊び人の幾兵衛と治平次がこの策に加わっていることへ、一応の得心はした。失敗の許されない救出劇を目前に、右善と竜尾がわずかでも心をなごませる一場面であった。

策にそって右善と竜尾は療治部屋で待ちの態勢に入り、権三もそこに残り、助八は二丁目の幾兵衛らのねぐらに向かった。これから療治処と幾兵衛らのねぐらとのあいだで、どのようなつなぎが必要になるかわからない。二人は、そのための大事な走り役なのだ。

待っているほうが、かえって緊張する。

「美濃屋さん、大丈夫かしら」

「鬼三次も六郎太も一端《いっぱし》の悪党なら、美濃屋の者に刃物を突きつけても、一人でも血を流せば無事ではすまなくなることを知っていよう」

竜尾が言ったのへ、右善は返した。そのとおりである。人質が一人でも悲鳴を上げれば、取籠っていることが外に知られ、夜を待って逃走する算段はくずれる。

竜尾は言った。

「いえ、そのことではありません。それはわかっています。心配なのは、定右衛門さんのこむら返りです。小康《しょうこう》を保っていてくれればいいのですが」

「そればかりは……」

「あっしがちょいとのぞいて来やしょうかい」

権三が言ったのへ右善が、

「ばかもん。この策をつぶす気か」

「へえ」

権三は首をすぼめた。


幾兵衛たちのねぐらを出た職人姿の色川矢一郎は、筋違御門の橋を渡り、内神田に戻っていた。もちろん児島善之助と松村浩太郎とつなぎを取り、二人を秘かに明神下へ呼び寄せ、打込みの先頭に立たせ、鬼三次と六郎太を生け捕り、小伝馬町の牢屋敷に護送させるためである。

色川が筋違御門の橋を渡り、桝形《ますがた》の石垣の中にある番所の前を通ったとき、ちょうど旗本家の足軽たちが、松平家の横目付たちと交替するところだった。色川は手斧《ちょうな》を肩に引っかけ、ゆっくりと通った。二本差の武士が七、八人来ている。番士にしては多い。裁着袴《たっつけばかま》にたすきを掛け鉢巻をしているわけではない。普段の羽織袴の武士たちだ。だが、それらが六尺棒の番士に代わり、番所に入るのは異常である。

（ん？）

番所の前に歩を踏みながら、色川は気づいた。

番所のかたすみに、遊び人風体が三人、たむろしている。

（あの三人、次郎太を殺《や》りやがったやつら）

間違いない。ということは、確認はできなかったが、三人の浪人風体は藩士に戻り、あの七、八人のなかにいるのだろう。

気になるのは、遊び人風体たちである。番所を拠点に、町場をふらふらと探索するつもりなのだろう。

（やつらを明神下に入れるわけにはいかねえ）

胸中に念じ、御門の石垣を抜けた。

善之助と松村とは、すぐにつなぎが取れた。

「療治処のようすはどうだ」

問う善之助は蒼《あお》ざめているというより、憔悴《しょうすい》しきっている。松村も同様だった。

無理もない。

話はすぐについた。児島善之助と松村浩太郎が、幾人かの捕方を差配して内神田の現場を離れるのだ。

同輩に失態があったとき、なかには冷ややかに高みの見物をしたり、ここぞとばかりに足を引っ張ろうとする者がいるものである。だが、こたびは事情が違った。縄抜けは盗賊の鬼三次だが、一緒に逃げたのが松平家の足軽であり、さらにその一人を殺害したのも、

――松平家の手の者
それらを内神田に出張っている与力や同心たちは、口には出さないが知っている。その二人が松平家の足軽とはいえ、奉行所の手にある科人《とがにん》だったのだ。

(出しゃばりがきついぜ、松平さまめ)

一同の胸の奥底にある。

その意識が、定町廻りの児島善之助と松村浩太郎が内神田から離れるのを黙認させていた。どの与力も同心も、隠居の右善が外神田の明神下にいることを知っているのだ。いずれも黙認とともに、その行き先もわかっていた。

現場差配の与力が、内神田を離れる児島善之助の背を目で追いながらつぶやいたものだった。

「あやつの親父《おやじ》どのは、隠居してからなお世のためになることがしたいなどと、神田

明神下の鍼師に弟子入りしたと聞くが、なるほど役立っているようだのう。あやつの鍼は受けたくないが」

「まったくで。したが、捕物ならば……」

同輩の与力は返していた。

与力たちは、すでに鬼三次と六郎太が内神田を出ていることを覚《さと》っているのかもしれない。そのうえで、同心たちとその差配の捕方たちを、おもてだって外神田に入れようとしない。秘かに右善に期待している……。

色川は出立《しゅったつ》のまえに言った。

「筋違御門の番所には、松平家がすでに入っておる。御門のない橋を渡ろう」

善之助と松村はうなずいた。奉行所の捕方が外神田に入るのを松平屋敷の横目付たちが見たなら、奉行所は六郎太たちに内神田から逃げられ、探索の範囲を広げたとみるだろう。あとを追うように、横目付やあの遊び人風体たちも明神下一帯に入るはずだ。それをさせてはならない。

児島善之助と松村浩太郎は外神田に向かっている。色川の案内で、捕方五人がついている。善之助が二人を連れ、その十数歩あとに松村が三人を率いてつづいている。

一群となって目立つのを避けるためである。

一行は筋違御門からはかなり下流になる和泉橋《いずみばし》を渡り、外神田に入った。そこに番所はなく、それらしい見張りの姿もなかった。

松平屋敷の横目付たちが警戒を厳重にしようとするなら、筋違御門の番所に入るなり、内神田と外神田を結ぶいくつかの橋にも、すかさず見張りを立てるはずである。だが、それがない。

和泉橋に歩を進めながら、色川は善之助に言った。一行のいで立ちは打込み装束だが、のんびりと、むしろだらしなく歩を踏んでいるから、職人姿の者と同心が話していても奇異には見えない。もちろん、故意にそのように歩いているのだ。

「やつら、見張るというより、筋違御門の番所を詰所にし、われらの動きを見て唐丸籠を担いでおれば、そこにまたなにか仕掛ける算段かもしれぬなあ」

早朝に神田の大通りで仕掛けようとしたように、いまもまたおなじ策をとるつもりなのだろう。もちろん、方途は違っていようが……。

「ふむ」

善之助の返事は短かった。動作とは逆に焦りと緊張に包まれているのだ。うしろにつづく松村もそうであろう。

あとは色川も無言で、一行とすこし離れ、前のほうを歩いた。

和泉橋を渡れば佐久間町で、明神下へは昨夜右善と竜尾が通り、幾兵衛たちの開いていた賭場の前で足を止めた、あの神田川に沿った崖の往還に歩をとるのが最も近道となる。だが、つとめて目立たないように裏道に歩をとった。これで走っておれば、スワ捕物と野次馬がついてくるだろう。のんびりとした一行の歩きは、まるで捕物に失敗した帰りのように見える。

それでも、内神田のうわさは伝わっていたか、

「おっ、捕方だ。こっちにまで広がったか」

「それにしては……」

と、往来人や町の住人に、取り立てて注目されることはなかった。

湯島の自身番は竜尾の療治処から近く、おなじ湯島一丁目で表通りではなく、療治処と筋違いの枝道へ入ったところにある。

内神田のように町々の自身番に与力や同心が入り、探索の詰所にはなっておらず、緊迫した雰囲気はなかった。

それでも、

「じゃまするぞ」

と、善之助が打込み装束で腰高障子を開けると、やはりうわさは伝わっていたか、詰めていた町役やその代理たちは、

「これは児島さま！」

「やはりこちらにも！」

と、たちまち緊張の態《てい》となった。

あとにつづいた松村も自身番の敷居をまたぎ、捕方たちも中に入れると腰高障子を閉め、町役《ちょうやく》たちに禁足令を出した。緊迫が町場に広がるのを防ぐためである。

職人姿の色川は、すでに療治処に向かっている。

おもての冠木門からではなく、裏手の勝手口から入った。

右善と竜尾、それに権三が緊張を抑《おさ》え、待っていた。

「とといやした」

伝法な口調で色川が言ったのへ、

「よし、師匠」

「はい」

右善はうなずき、竜尾は返した。

陽はすでに中天を過ぎている。

四

美濃屋の暖簾《のれん》をくぐり、店場が緊張し、落ち着きのないことに気づいた者はいるだろう。あしたは煤払いである。落ち着きのないのは、美濃屋に限ったことではない。それに太物商いで庶民的とはいえ、反物《たんもの》を扱う商舗《みせ》であれば、客の出入りがそうあるわけではない。

太陽が中天にかかるまえである。女中の腕をねじ上げ、裏庭から美濃屋の屋内に侵入した二人は、鬼三次の差配で手際はよかった。六郎太は賭場通いをしていても、こうした押込みの経験はない。だが、イザとなればお屋敷がなんとかしてくれるとの余裕がある。お仲間の次郎太が屋敷の手によって殺されたことを、まだ知らないのだ。盗賊の鬼三次の差配に、落ち着いて従った。

最初にしたことは、台所で出刃包丁を確保することだった。つぎに物音に気づいて台所に出て来た内儀のお静《しず》を、人質にすることであった。

取籠りはすでに成功したのも同然である。あるじの定右衛門がこむら返りの発作に気をつけ身動きできないのも、鬼三次たちにはさいわいだった。定右衛門の足が引きつり始めたら、つま先を思い切り反らせ発作を押さえこむため、力のある若い手代の作之助《さくのすけ》がそばについていなければならなかった。女中も飯炊きの婆さんも一つの部屋に集められた。

商舗《みせ》を閉じるのは不自然である。開けたままにした。老いた番頭の為八郎が、まだ子供の小僧とともに出ている。物陰からそれを六郎太が見張っている。もちろん、

「——みょうなまねをしやがったら、奥の人質の命はねえぞ」

凄《すご》みはきかせている。実際に、そのとおりの状況なのだ。

奥の押さえはむろん鬼三次である。慣れている。

家の者はすべて一つの部屋に集められ、台所に人はいない。

鬼三次が女中のおセチを総菜屋の梅野屋に出したのはこのときだった。裏庭で最初に人質にしたのはこのおセチで、年増で落ち着きがある。これなら外に出しても、若い女中と違いお店《たな》の危機を解し、衝動的な行為には走らないだろうと鬼三次は踏んだのだ。読みは当たった。おセチは自身番に走り騒ぎを大きくし、人質の身をかえって危険に陥《おちい》らせることはしなかった。そのまま戻って来て、梅野屋が煤払いをしており惣菜の注文ができなかったことを告げたのだった。

だが鬼三次に、ひとつ誤算があった。おセチに平常にふるまえと言っても、それは

無理である。口に出さなくても所作に出る。それが梅野屋へ煤払いを知らず注文に行った藤次に、若旦那の惣太郎から伝わり、右善のいまの動きにつながっているのだ。

色川は右善と竜尾に打込み用意の整ったことを伝えると、ふたたび二丁目のねぐらに向かった。

ねぐらには藤次がいる。もちろん幾兵衛と治平次もいる。右善が藤次をそこに配しのは、幾兵衛と治平次に二人だけの時間を持たせないためだった。この二人と六郎太たちとのあいだに、どのような係り合いがあるのか、まだ聞いていない。

(訊けば賭場のつき合いと言うだろうが、それだけではあるまい)

右善は睨んでいる。

美濃屋と至近距離のねぐらには、住人の幾兵衛と治平次、三八駕籠の権三と助八、それに藤次が、待ちの態勢に入った。岡っ引の藤次がいるせいなのか、幾兵衛と治平次はことさらおとなしかった。

色川はひと息入れると、

「では、おまえたち。よいな」

と、またねぐらを出た。

「へい」

権三と助八は部屋にあぐらを組んだまま返した。

幾兵衛と治平次も、部屋にあぐらを組んでいる。

「騒動に?」

「いよいよかい」

落ち着きなく、上ずった声で言ったのは、幾兵衛と治平次が同時だった。

「そうともよ」

「待て。まだ早い」

腰を上げようとした権三を、助八が手で制した。


右善と竜尾が、療治処の冠木門を出た。

右善は苦無を腰に提げ、薬籠を小脇にかかえ持ち、師匠の竜尾に随《したが》う薬籠持のかたちを取っている。明神下界隈では見なれた光景だ。

留造とお定が心配げに冠木門まで見送りに出ていた。黙っておくわけにはいかない。右善が事情を話したのだ。二人とも飛び上がらんばかりに驚いた。だが、差配は右善である。これまでのこともあり、竜尾を引き止めるほど心配はしなかった。それればかりか、療治部屋で竜尾がふところに忍ばせる小型の苦無を用意したのは留造だった。戦国の世に小型の苦無は、忍者が飛苦無《とびくない》として使っていたのだ。

鍼師主従は湯島の表通りに出た。

「おや、お師匠。これから往診ですか。右善さまもご苦労さまにございます」

住人から声がかかる。

なかには、

「あ、右善の旦那。内神田で大変な騒ぎがあったと聞きやしたよ。気をつけてくださせえ」

言う者もいた。

「ほう、そうか」

右善は返していた。

うわさはすでに神田川を渡っている。当然であろう。町が切羽詰まった雰囲気に陥《おちい》らないのは、探索の捕方がこれ見よがしに入っていないからである。右善の思惑は成功している。

二人の足は湯島一丁目から二丁目に入り、美濃屋の前に立った。

「ならば、師匠」

「はい」

右善が言ったのへ竜尾は返した。

竜尾はこれまで定右衛門の往診で幾度か美濃屋の奥に入っており、その間取りも店場や奥の人数も知っている。右善も薬籠持で一度入っている。

「いかがでしょう、旦那さまのお具合は」

竜尾がしなやかに暖簾を手で分け、薬籠持の右善がそのあとにつづいた。

さきほどねぐらを出た藤次はさりなく美濃屋の前を通り、右善と竜尾が暖簾をくぐったのを確かめると、足を速めた。一丁目の自身番に向かったのだ。

竜尾と右善は店場に入り、客のいないのがさいわいだった。

だが番頭は予期せぬことに困惑した表情になり、

「こ、これはお師匠。さっき、駕籠屋さんには、いらないからと、か、帰しましたが」

「なにが駕籠はいらないですか。定右衛門さんの症状は、わたくしが一番よく知っていますよ」

竜尾は諭《さと》すような口調で言うと、

「さあ、右善どの」

「承知」

店場の板敷きに上がり、奥へ入ろうとする竜尾に右善も薬籠を小脇につづいた。

「こ、困ります」

番頭はいよいよ困惑し、

「ば、番頭さん」

と、小僧はかたわらでうろたえている。

驚いたのは、奥の陰から見守っていた六郎太である。予期せぬ事態だ。出刃包丁をかざして阻止すれば騒ぎになる。中に入れ、

（こやつらも人質に）

精一杯の判断だった。

あとずさり、物陰に身を隠した。

そのすぐ前を、竜尾と右善は通った。潜む者に気づかぬ二人ではない。

うしろから右善は、

「師匠、そのまま奥へ」

「はい」

竜尾は廊下を進んだ。

ふすまの前に立った。

二人は顔を見合わせてうなずきを交わし、右善が前に出てふすまの取っ手に手をかけた。

ふすまの内側でも、廊下の足音に気づいている。

「声を立てるな」

「ううぅっ」

鬼三次は、お静ののど元にあてた出刃包丁に力を入れ、恐怖にお静はうめき声を洩らした。

「うううぐぐっ」

「旦那さま！」

発作を起こしそうになった定右衛門のつま先を、手代の作之助は思いきり反り返させた。

「ううっ」

発作はいくらか抑えられた。

外の動きは速かった。といっても、見かけはさきほどとおなじで、のんびりとしている。一丁目の自身番である。

善之助は捕方二人を連れ、さりげなく美濃屋の筋向《すじむか》いのそば屋に入った。打込み装束に長尺《ながしやく》十手を持った同心と、二人とはいえ六尺棒を小脇にした捕方がそば屋に入るのだから、異常である。

そば屋のおかみさんは、

「えっ、児島さま。そのいで立ちは？」

「な、なんなんでえ！」

二人ほどいた客も驚き、一人は碗を落としそうになった。

「いや、なんでもない。見まわりの途中でなあ、ちょいと小腹が空いただけよ。かけそばでいい。三人分だ」

と、善之助は捕方二人をうながし、空いている縁台に腰を下ろした。

「なあんだ、旦那。驚くじゃねえですかい」

さきほど碗を落としそうになった客の一人が言った。

そば屋から筋向いの美濃屋の暖簾が見える。善之助たちに、そばを手繰《たぐ》っている間《ま》があるかどうかはわからない。

一方、捕方三人を引き連れた松村浩太郎は、明神下の地理に不案内であり、さりげなく数歩前を歩く色川の先導で二丁目のねぐらに向かった。待ち切れなかった藤次が玄関前で待っていた。

「へい、こっちで」

と、案内は藤次に代わった。行き先はすぐそこの美濃屋の裏手で、鬼三次と六郎太が入りこんで女中のおセチを最初の人質にした、あの勝手口の前である。用意は整った。路地裏のため人通りはなく、ここで身構えても目立つことはない。

表通りに戻った色川は手斧を肩に引っかけ、ふたたびさりげなく美濃屋と筋向いのそば屋の前を行きつ戻りつしはじめた。暖簾の内側では、老いた番頭の為八郎と小僧が固唾《かたず》を呑んで奥の成り行きを見守っていることだろう。二人とも、すぐ近くに捕方が来ていることを知らない。


廊下の気配に、部屋の中の者は鬼三次もお静もすべて視線をふすまに向け、息を呑んだ。気づいていないのは、あるじの定右衛門と若い手代の作之助くらいであろう。定右衛門はいまにも足が引きつりそうで、それどころではないのだ。

廊下で右善は薬籠を竜尾に渡し、そっと腰の苦無を手に持ち、竜尾がふすま越しに声をかけた。

「定右衛門さん、具合はどうですか。入りますよ」

「ふーっ」

女の声に、安堵の息をついたのは鬼三次だった。出刃包丁をお静ののど元に突きつけたまま、おセチに向かってふすまのほうをあごでしゃくり、低声で、

「追い返せ」

同時だった。定右衛門が叫んだ。

「師匠！　鍼をっ。もうだめだっ」

「はい、すぐに」

ふすまが勢いよく開けられた。

竜尾が薬籠を小脇に飛びこみ、右善がつづいた。右善が最初に飛びこむつもりだったのが、定右衛門のうめき声で事態は変わったのだ。

「さあ、定右衛門さん。足を出してっ」

「うぐぐぐくっ」

定右衛門の発作が始まった。歯を喰いしばり、のたうつのを、

「あぁぁぁ、旦那さまっ」

作之助が全身でそれを押さえこもうとする。

部屋の一同の目がそこに注がれている。瞬時だったが、事態は右善に部屋の人の配置と状況を見定める余裕を与えた。鬼三次の目も竜尾と定右衛門に注がれ、出刃包丁の切っ先がお静ののど元からわずかに離れた。

（いまだ）

右善の身が躍《おど》った。

「わわっ」

――キーン

鬼三次の驚きの声と同時だった。出刃包丁を苦無が撥ね飛ばした金属音が部屋に響いた。

奥の騒ぎに番頭と小僧が気づくのと、おもてを歩いていた色川が気づくのは同時だった。色川は肩の手斧を振った。

そば屋の中である。

「それっ」

善之助は長尺十手を振り上げた。

二人の捕方が六尺棒を構え、三人同時にそば屋を飛び出した。

「あぁ、おそばは！」

おかみさんが驚いて叫んだ。そばはまだゆがき終っていないのだ。

裏の勝手口に耳をあてていた藤次も音を聞き取った。

「旦那！　始まりやしたっ」

「よし、行くぞっ」

松村浩太郎は勝手口を蹴破《けやぶ》り、飛びこんだ。三人の捕方も六尺棒を構え、

「おぉう」

あとにつづいた。

五

「く、くそーっ。ここの亭主、足の痛いの、芝居だったのけえっ」

飛びこんで来た捕方の六尺棒に押さえこまれ、高手小手に縛り上げられた鬼三次が悔しそうに言うほど、竜尾の鍼は効き目があった。

右善が鬼三次の出刃包丁を撥ね飛ばすなりさらに苦無で首筋に一撃を加え、その身は畳にくずれこんだ。

そのすぐ前で、竜尾は定右衛門に、

「さあ、おとなしくしなされ」

と、足の裏の経穴《つぼ》に鍼を打っていたのだ。

即座に痛みは引き、定右衛門はおとなしくなった。

そのときすでに鬼三次は、裏手から飛びこんで来た松村浩太郎の十手で打たれ、捕方の六尺棒に押さえこまれていたのだ。

縄をかけられ、気がつくと定右衛門は安心しきった表情で竜尾の鍼療治を受けつづけ、その横で右善が薬籠を開け薬湯の準備をしていた。お静はかいがいしく定右衛門のひたいの汗を拭き、おセチは右善の手伝いをしようとしている。

そんな場面を見ては、さきほどの定右衛門の痛がりようは、右善に打込む隙を与えるための〝芝居〟だったと早合点しても無理はない。それほどまでに定右衛門の症状は切羽詰まり、右善の苦無さばきは素早かったのだ。

おもてから打込んだ善之助と捕方二人は、店場で抗《あらが》おうとする六郎太を取り押さえねばならず、奥の部屋に駈けつけるのがひと足遅れた。だが同時に打込み、それぞれに成果を挙げたことに違いはなかった。松村が縄をかけた鬼三次はもともと松村自身が深川で捕縛した科人《とがにん》であり、善之助が縄を打った六郎太は善之助が両国で取り押さえた科人だったのだ。

知らせを受け、内神田から検分に駈けつけた与力に、老番頭の為八郎は証言した。

「はい。一丁目の療治処のお師匠とご隠居が一緒に、手前どものあるじ定右衛門の往診に来られ、奥に入られてからすぐでございました。児島善之助さまが捕方のお方二人を引き連れと飛びこんで来られ、たちまちに賊を一人召し取られ、そのあいだに裏から打込んで来られたお方たちが、もう一人をお縄にされましたでございます。え、うちの旦那さままでございますか。捕物のあいだも、お師匠とご隠居が診ておいでで、おかげさまで発作は収まりましたでございます」

番頭の為八郎の目から見れば、まさしくそのとおりなのだ。小僧も横でしきりにうなずいていた。


問題はこのあとだった。縄抜けの鬼三次と六郎太を、血を見ることなく捕縛したからといって、これで事件は終わったわけではない。外神田と内神田の連絡に、奉行所の者が筋違御門の橋を渡り、番所の前を通っている。当然、番所に詰めている松平屋敷の横目付たちは、捕縛の有無を探ろうと明神下に人を入れたはずである。件《くだん》の遊び人風の三人も湯島の通りに入ったことだろう。

善之助たちがソレッと湯島の通りを横切り美濃屋に打込んだ直後から、野次馬がそこに集まりはじめた。多くは町内の者であり、男も女も美濃屋をよく知った住人たちである。いずれもが美濃屋に取籠りがあったことに驚き、すでに賊が二人捕縛されたことを知り、安堵の息をついていた。

捕縛されたのが、内神田で縄抜けし逃走していた二人であることが知れると、安堵は美濃屋の近辺から明神下全体のものとなった。

明神下に入れば、その話を住人からも往来人からも聞かないはずはない。詳細を松平屋敷の目付たちもつかんだはずである。松平家はなんとしてでも、六郎太が小伝馬町の牢屋敷に送りこまれるまえに、

（次郎太のように……）

思っているはずである。そのために、松平家の横目付たちは屋敷から派遣され、筋違御門の番所に詰めているのだ。

危険は去っていない。むしろこの危険のほうが、取籠りへの打込みより大きい。無事に小伝馬町の牢屋敷にたどり着く方途は一つ、松平屋敷の横目付たちに、仕掛ける隙も場も与えないことである。

駈けつけた与力は、右善の智慧も拝借し、一計を案じた。

高手小手に縛り上げた六郎太に、相方《あいかた》の次郎太が松平家の手の者に殺されたことを告げたのだ。

六郎太はせせら笑った。

だが、同心の善之助と松村がそのときのようすを語り、また屋敷の家風から、六郎太は感じるものがあったようだ。次郎太や六郎太たちが町の賭場《とば》に出入りしていたのは、お家の厳格な家風に抗《あらが》い、秘かに溜飲《りゅういん》を下げようとの思いもあったのだ。

さらに六郎太が一瞬心配げな表情になったのを看《み》て取った与力が、筋違御門の番所に松平家の横目付が入っていることを話し、

「なんならそこでおまえを、唐丸籠から放り出してみようか」

「め、滅相もありませぬ。別の、別の橋を渡ってくだせえ」

六郎太は哀願するように言ったものだった。賭博の罪だけなら、死罪になることはない。

だが、遠まわりになる他の橋を渡ったのでは、奉行所が老中の松平家を警戒しているのをあからさまに示すことになる。あくまでも筋違御門を渡り、そのうえで松平家の横目付たちの目をかすめなければならないのだ。

権三と助八の出番である。与力立ち合いで右善からそれを依頼というより、なかば

命じられたとき、

「がってん」

「お任せを」

二人は胸を叩いた。

そのすぐあとである。

「へっほ」

「えっほ」

垂《たれ》を下ろした町駕籠が一挺、湯島の通りから筋違御門に向かった。

橋を渡り、番所の前にさしかかった。小走りにつき添っているのは町人が一人、藤次である。数歩うしろに手斧を肩にした職人姿の色川がつづいている。同心や捕方の姿はどこにもない。番所から見れば、よくある町駕籠の一つに過ぎない。もちろん垂の中は、高手小手に縛られた六郎太である。

六郎太に縄抜けの技はない。それでも番所の前を通るときには、六郎太の不意の心変わりを懸念し、藤次も色川も緊張した。垂の中は、もがきもうめきもしなかった。

松平家の横目付である番士の一人が、ちらと町駕籠に目を向けただけだった。

おそらく、最も緊張していたのは六郎太ではないか。なんら仕掛けられることもなく、神田の大通りに入り、牢屋敷の門をくぐったとき、ホッと胸をなで下ろした。といっても高手小手では、なでることもできないが。

そのあとすぐだった。空《から》の唐丸籠を一挺擁《よう》した同心と捕方の一行が、内神田から外神田に向け、筋違御門の石垣に入った。松平家の横目付たちが最も注意しているのは、町方のその動きである。

番所には似合わない、二本差に羽織袴の武士が出て来た。背景が十万石で、あるじが老中とあっては、町方には横柄《おうへい》である。声をかけたのは、おそらく横目付の組頭《くみがしら》あたりであろう。

「待たれよ。さような物騒なものを擁し、いずれへ参るか」

一行は足を止め、同心が応えた。善之助や松村と昵懇《じっこん》の同心である。

「湯島で捕物があり、それを引取りに参るところでござる。では、ご免」

「あ、しばし。唐丸は一つであるか。二つ必要なのではござらぬか」

番士は奉行所の動きを見張っていることを露呈した。逃げたのは二人であり、捕えたのも二人なら、唐丸籠も二挺であるはずなのだ。

「なにゆえ、さようなことを問われる」

「いや、ちと訊いたまで。さあ、通られよ」

「言われなくとも通りもうす」

一行は歩を進めた。

番士たちはそれを目で追いながら、首をかしげていた。すぐさま幾人かが、湯島二丁目に向かった。

(不浄役人どもめ、また一人取り逃がしたのではないのか)

真剣に思ったのかもしれない。

美濃屋の前にはまだ人だかりがしている。湯島の通りにながれているうわさは尾ひれがつき、大捕物があり取り押さえたのは五人とも六人ともいわれ、

「幾人かお役人に斬られたらしいぞ」

などと、横目付たちの耳にも入った。

横目付とは大名家の内部の役職で、役務は藩士に不正はないかの調査である。町場で岡っ引よろしく探索するのは慣れていない。

湯島二丁目から、さきほどの唐丸籠の一行が出立《しゅったつ》した。ものものしい警備である。先頭は陣笠に野袴《のばかま》、火事羽織《かじばおり》の与力であり、六尺棒だけでなく突棒《つくぼう》や刺股《さすまた》を立てた捕方が十数人、打込み装束の善之助も松村浩太郎も一行のなかにいる。唐丸籠一挺にこの陣容は大げさだ。

橋を渡り、筋違御門の石垣に入った。番所から二本差の番士が出て来て、唐丸籠の中をのぞきこむ。

「はて」

首をかしげる。中は盗賊の鬼三次である。松平屋敷は、盗賊などに用はない。

先頭の与力のほうから声をかけた。

「なんでござろう」

「いや。科人は一人でござるか。ほかには？」

「見てのとおりでござる」

一行は足を止めることなく、筋違御門を抜けた。

組頭らしい武士は配下に命じた。

「再度、現場のようすを調べよ」

神田の大通りに入った与力は、陣笠の中でにんまりと嗤《わら》った。石垣のあいだを抜けるときは真剣そのものの表情だった善之助と松村も、つい口元をほころばせた。

鬼三次一人を護送するのにこれだけの陣容をこしらえたのは、町方の松平屋敷へのひにくを込めたものだった。

驚いたのは籠の中の鬼三次であろう。これだけの陣容では、得意の縄抜けの見せ場もない。

六

陽はすでにかなり西の空に入っている。

「そう、このお店《たな》にねえ」

などとのぞきこむように表通りを通り過ぎる者はいるが、人垣ができるような野次馬はいなくなっている。定右衛門のこむら返りはまったく収まり、商舗は通常の商いに入っている。一同が恐怖を味わった精神的なもの以外に、物的な損害は裏の勝手口の板戸が破られたことと、屋内ではふすまが三領ほど、穴が開いた程度だった。あと捕方たちは土足のまま踏込んだが、あしたは畳も上げての大掃除である。

みょうなことがあった。

右善と竜尾は美濃屋のカタがつくと、ひとまず療治処に引き揚げ、遅い昼餉《ひるげ》をすませてから午後の往診に出る予定だった。それで右善は留造とお定に〝十人分くらい用意して待っておれ〟と言ったのだ。色川と藤次、善之助と松村、権三と助八、さらに幾兵衛と治平次まで勘定に入っていた。

ところが善之助や色川たちは御用で小伝馬町の牢屋敷に行ってしまい、権三と助八も一緒でしばらく戻って来ないだろう。

これでは留造とお定に悪いと思い、右善はせめて幾兵衛と治平次をとさそった。竜尾もすでに、この遊び人二人を療治処の居間に招き入れることに異存はなかった。二人は美濃屋の救出作戦に、ねぐらを待機やつなぎの場に提供するなど、きわめて重要な合力《ごうりき》をしているのだ。

さそえば、二人ともよろこんで来ると思っていた。

ところが二人は、

「とんでもございません。まあ、きょうは賭場があるわけじゃございませんが」

「あっしらが療治処にお呼ばれなんざ」

と、顔の前で手の平をひらひらと振り、断ったではないか。遠慮しているのではない。笑いながらであったが、

(行きやせん)

頑《かたく》なな意志が感じられた。

(なぜだ)

そこが右善には解せなかった。きょう朝早くには、わざわざ昨夜の礼をいうために

療治処に来ているのだ。離れの右善の部屋で、話しこんだりもしている。招けば当然来るはずではないか。

しばし忘れていた疑念が頭にもたげて来た。

「――そりゃあもう。大事《でえじ》なものがありやすから」

治平次は言っていた。

それもまだ判らないのだ。

加えて、松平屋敷との係り合いも依然不明である。

(こやつら、ただの身を持ちくずした遊び人などではない)

右善は確信に近いものを二人に感じた。

竜尾が急《せ》かした。いま美濃屋を引き揚げ、右善と一緒に幾兵衛たちのねぐらに来ている。二人は雑然とした部屋に竜尾を迎え、しきりに恐縮していた。

「早《はよ》うしませぬと、午後の往診にさしつかえます」

もうさしつかえている。右善はしつこく二人をさそうことはなかった。

案の定、十人分を用意していた留造とお定は文句を言った。

それらの多くは夕餉《ゆうげ》にまわされることになった。

竜尾と右善は早々に昼餉をすませ、午後の往診に出かけた。

通りを歩くだけで、二人は町の者から声をかけられた。明神下一帯はいま、美濃屋の話で持ちきりなのだ。それも、犠牲者が一人も出なかったことに安堵し、

「お師匠も驚きなされたろう。右善の旦那も、ようお師匠を護られましたなあ」

と、いたわりの言葉が大半だった。

役人の打込みに竜尾と右善が居合わせたことは伝わっていても、用意周到だった真相までは語られていないようだ。

(それでよし)

右善は満足だった。

竜尾は通りに歩を進めながら、右善に言ったものだった。

「右善どのも、人の子でございますなあ」

「ふむ」

右善はうなずきを返した。

牢屋敷でも奉行所でも、児島善之助と松村浩太郎、それに隠密廻りで補佐役の任にあった色川矢一郎の失態は、帳消しになるばかりか、

「うまく追及をかわし、よくぞ巻き返してくれた」

同輩たちは言っていた。

どこからの〝追及をかわし〟たか、それは誰も口にしない。してはならないのだ。引き揚げの陣頭指揮に立った与力などは、愉快そうに牢屋敷でも奉行所でも言っていた。

「あの御門の番士よ、唐丸が一挺で中をのぞきこんだときの面《つら》はなかったぞ」

〝番士〟たちの找《さが》している科人は、手品のように消えてしまったのだ。もちろん奉行所の与力も同心も、さらに捕方たちも、御門の〝番士〟がいずれより遣《つか》わされ、いかなる役務を負っていたかを知っている。神田の大通りの乾物屋の前で科人を一人、まんまと殺害されてしまったことが、六尺棒の捕方一人ひとりの悔しさとなり、全体に伝わっていたのだ。

「師匠の落ち着きぶりには感心したぞ」

「右善どのもさすがでした」

帰りの往還に歩を踏みながら、右善が言ったのへ竜尾は返した。

陽は西の空に落ちようとしている。

この日の午後の往診は、予定の半分もまわることができなかった。

脇道に入り、冠木門が見えてきた。落ちかけた冬の夕陽に朱《あか》く染まっている。

竜尾がぽつりと言った。

「きょうは飛苦無を使わずにすみ、ようございました」

「ふむ」

右善はうなずいた。

二人が白い息を吐きながら冠木門を入り、母屋の玄関に立つと待っていたように奥から、

「お帰《けえ》りなさいやし」

「お待ちもうしておりやした」

と、権三と助八が走り出て来た。

「なんだおめえたち、いつ戻った。奉行所から酒手《さかて》はちゃんともらったろうな」

「へえ、そりゃあもう。善之助旦那の口添えもありやしたもので」

「へへ。与力の旦那からも、ねぎらいのお言葉をいただきやしてね」

と、二人はホクホク顔である。つつがなく役務を果たしたようだ。

部屋の中はすでに灯りが必要だった。きょうも夕餉は行灯《あんどん》の灯りのなかでとなる。

お定が言った。

「あたためられるものはあたためましたが、まだいっぱい残っておりますので」

「それで権三さんと助八さんを引き止めておいたのでさあ」

留造がつなぎ、

「それでもまだ余りそうで」

右善はその言葉を受け、

(もう一度)

と、思った。

竜尾がその顔を読んだか、余り物をあしたに残さないためか、

「幾兵衛さんと治平次さんも呼んでは、熱燗も用意して」

「うひょー、熱燗。ありがてえ。で、いいんですかい。あいつらを呼んでも」

「呼ぶなら早くしねえと。やつら、まだねぐらにいやがるかなあ」

と、きょう一日のつき合いで、二人とも遊び人である幾兵衛と治平次への嫌悪感を払拭《ふっしょく》したようだ。

竜尾にうながされ、冠木門を飛び出そうとする二人に、

「あ、これを」

と、留造が庭まで出て、火を入れた提灯を助八に渡し、冠木門を閉め潜り戸を開けておいた。冬の日足は速く、外もすでに提灯が必要となりかけている。

お定は熱燗の用意に、また台所に入った。

幾兵衛は〝きょうは賭場があるわけじゃござんせんが〟と言っていた。ならば、昼間さそったときに来なかった理由はなんなのか。

権三と助八が行ってさそいかけ、二人が熱燗につられて腰を上げるにしても、

(手間取るのではないか)

右善は思った。

ところが、

「へへ、またお呼びがかかるとは」

「昼間は失礼いたしやした」

と、玄関に幾兵衛と治平次の声が立ったのはすぐだった。権三と助八が二人のねぐらに行って帰って来るほどの時間しか経ていなかった。ということは、二人はさそいにふたつ返事で応じたことになる。さそったのが、権三と助八だったからではあるまい。幾兵衛は褞袍《どてら》を着こみ、治平次は熊の毛皮を肩にかけていた。うちとけた気分で来ているいで立ちである。

(なぜだ)

右善はあらためて疑念を感じ、行灯の灯りに照らされた居間へ入って来た二人に言

った。

「おぉう、おめえら。よく来てくれたなあ。やはり、昼めしより熱燗つきの晩めしのほうがいいかい」

「そりゃあもう、いまはもう暗《くろ》うごんすからねえ」

（ん？）

治平次がすかさず応えたのへ、右善は胸中に首をかしげた。

（暗いから？）

博奕打ちだからではあるまい。

鎌をかけるつもりではなかったが、ふたたび訊いた。

「戸締りはちゃんとして来たかい」

「そりゃあもう」

治平次は返し、そこで言葉をとめた。また〝そりゃあもう〟である。右善には、そのさきの言葉はわかっている。〝大事《でえじ》なものがありやすから〟であろう。このとき幾兵衛も瞬時、緊張した表情になったのを右善は見逃さなかった。

だが、追い打ちをかけ、探るような問いはしなかった。

「さあさあ、皆さん」

竜尾の声がかりで、留造とお定の用意した膳が動きはじめた。湯気の立つ盃《さかずき》も動く。話題はなんといっても美濃屋の取籠りである。座はそのお祝いでもある。

「牢屋敷に駕籠を担いで入るなんざ、生まれて初めてだったぜ」

「そうそう。中はぴりぴりした感じだったなあ」

権三と助八は、牢屋敷へ六郎太を運んだことを自慢する。駕籠舁き仲間への自慢が、またひとつ増えたようだ。

留造も、

「二丁目から打込みの話がながれて来たときにゃ、胆をつぶしやしたよ」

「もう心配で、心配で」

お定がいまさらながらに胸をなでおろす。

幾兵衛と治平次は、昼間のさそいを断ったのがうそのように、

「いやあ、元同心の旦那と、町で評判のお師匠の療治処で、こうしてご相伴《しょうばん》に与《あず》かるなんざ、きのうまでは思ってもみやせんでしたよ」

「ほんと、そのとおりでさあ」

盃を重ねながら言う。世辞ではない。本心からのようだ。だったら、昼間断ったのはなんだっのか。右善はまた感じた疑念をひとまず脇においた。

幾兵衛と治平次は冗舌《じょうぜつ》になっていた。

「それにしても、一時はどうなるかと思いやしたよ」

「まったくで。こっちまで身の縮む思いでやした」

言ったのへ、盃を重ねながら権三が返した。

「あはは、だからかい。おめえら二人、お役人が出張って来るめえから、ずっとねぐらに籠ってやがったからなあ」

「そういやあそうだったなあ。いつものおめえさんらしくもねえ」

助八がつづけたのへ、

「そりゃあ、まあ」

「じゃまにならねえようにと思ってよう」

治平次が言ったのへ幾兵衛がつないだ。

(ん？　そうなのか)

右善は思った。

権三が勢いに乗って、

「ははん、そうかい。おめえらやっぱり、法度《はっと》の網をかいくぐってやがるから、お役人が……」

「あはは、権三よ。人を問い詰めるのはよくねえぜ」

右善は話のあいだに入った。外に出なかった理由はそればかりではない。つづければこじれると思ったのだ。

「そうですよ。そろそろこのあたりで」

竜尾もとりなし、あまり遅くならないうちにと座をお開きに持ちこんだ。あしたは煤払いである。どの家も、いつもより早く起き出す。権三も助八も、幾兵衛も治平次も、町のつき合いでそれに合わせなければならない。

四人は帰る方向がおなじである。留造が冠木門の潜り戸の外まで出て見送った。提灯は助八の持った一張《ひとはり》だけだった。留造が幾兵衛たちにも一張用意しようとしたが、

「一本ありゃあ、じゅうぶんでさあ」

と、幾兵衛たちは遠慮した。

そのやりとりを右善は玄関前から見ていた。

(灯りを好まない？　博奕打ちだから？　理由《わけ》はほかにあるはず)

あらためて思った。

離れに戻り、ひとり寝床に入ってから、

(幾兵衛と治平次……腑《ふ》に落ちぬところが、多々《たた》あるなあ)

それを脳裡にめぐらそうとしたが、

(きょうはあまりにも多くのことがあり過ぎた。いずれ……)

酔いがまわったか、思いながら眠りに入った。

三　秘めた背景

一

一夜が明けた。

きのうは、あまりにも多くのことがあり過ぎた。

「さあて」

と、離れの部屋で右善は掻巻《かいまき》をはねのけた。

「ほう」

と、すぐ裏手の板塀の外から人の動きが伝わって来る。

きょうという、江戸の一日はすでに始まっている。煤払いの日の朝である。

普段なら日の出とともに留造とお定が起き出し、裏庭の井戸端で水音を立てはじめ

る。右善はそれを寝床の中で聞き、

「――もう朝か」

と、目を覚ます。外は日の出だからすでに明るい。

つぎに竜尾が出て来て、朝日を浴びながら顔を清め、やがて右善が離れの腰高障子を開け、手拭を肩に引っかけて出て来る。この時分になると陽は東の端《は》をかなり離れており、台所から朝の味噌汁の香がただよってくる。

昨夜の酒のせいか、右善がまだいくらか眠気を残した顔で、手桶を小脇に手拭を肩に離れの部屋から出て来た。手桶を持ったまま、大きく伸びをする。いつもの仕草である。

裏庭づたいに井戸端へ行くと、

「ん？」

味噌汁の香がただよっている。いまがちょうど日の出なのだ。

釣瓶《つるべ》で水を汲もうとすると、台所の勝手口から留造が顔をのぞかせ、

「右善さん、早《はよ》う。もう朝の膳はできているだで。おもての門も開けましたじゃ」

手招きする。

ということは、お定と留造は暗いうちに起き、竜尾も日の出前には身支度を整えた

ようだ。おもての冠木門もすでに八の字に開いている。

「おう、おうおう。すぐ行くで」

——バシャ
急いで水を汲み、顔にあてて手桶を持ったまま母屋に入った。

居間にはすでに竜尾、留造、お定がそろっていた。そこへ右善が加われば、いつもの療治処の朝餉風景となるが、きょうはいつもより早い。それに膳があと二人分ならんでいる。

「あ、そうか。やつらも来るんだったなあ。それで留造がおもての門を」

右善が座につき言ったとき、

「へいっ、お早うございやす」

「上がらせてもらいやす」

玄関に立った声は権三と助八だった。

昨夜、熱燗の場となった居間に入り、

「ふー、たまんねえ。この味噌汁の匂い」

「さすがにお定さんだ」

と、座についた。二人が朝めしも療治処に呼ばれるのは、めったにないことだ。きょうはこのあと、朝のうちに簞笥《たんす》や長持《ながもち》などを庭に運び出し、畳を上げるなど、力仕事だけを手伝い、それから自分たちの長屋に帰ってひと仕事し、ふたたび療治処に戻って来る段取になっている。

手伝いで大忙しの一日となるから、二人とも朝餉の座でなんの遠慮もない。

「うめえーっ」

と、味噌汁もご飯もお代わりを重ねる。

そのなかに右善は訊《き》いた。

「幾兵衛と治平次はどうだった。来るとき、のぞいてみなかったかい」

「そう、それ」

助八が箸をとめ、

「きのうのきょうでさあ。遊び人でもきょうばかりは、世間さまとおなじようにしなきゃ、ますます町内で鼻つまみ者にされると思うて、ちょいと寄り道になりやすが、のぞいて見たんでさあ」

「するとどうでえ。眠そうな面《つら》しやがってたが、ちゃんと起きて雨戸を開けてやがった。畳も上げるって言ってやがったなあ」

権三がつないだ。

右善は問いをつづけた。きのうの昼間のことや〝大事《でえじ》なもの〟が気になるのだ。

「中に入《へえ》らなかったかい」

「へん。あんなごちゃごちゃした、小汚《こぎたね》え部屋に上がれるかい。こっちの足が汚れらあ。きのうはがまんしてやったがよう」

「あらあら、ずいぶんな言いようですねえ。畳を上げての大掃除をすれば、きれいになるんじゃないですか」

「あそこには箪笥《たんす》や長持《ながもち》など、かさばる物はなかったなあ」

竜尾が言い、右善がつづけたのへ、助八が言った。

「あれ、旦那。そうでしたかい。よく見ていなさるねえ。そんなのあっしたちゃ気づきやせんでしたよ。なにか気になることでもありやすのかい」

「いやいや。あまりにも雑然としていたものでなあ。それだけだ」

「あの人ら、煤払いをきっかけに、暮らしもまともになればよろしいのじゃが」

「そう、根っからの遊び人じゃなさそうだし、あの人たち」

留造がつなぎ、お定がつづけた。

右善にとって、この留造とお定の言葉には響くものがあった。賭場の開帳を生業《なりわい》のようにしているなど、

(仮の姿)

ふと思えたのだ。

「さあーっ、やりやしょうかい」

「どこから手をつけやす」

年末の大掃除が始まった。

権三と助八がつぎつぎと重い物を庭へ運び出し、留造とお定は台所の火を落とし、かまどの灰までかき出す。竜尾も着物の裾をたくし上げ、たすき掛けに手拭を姉さんかぶりに立ち働いている。

畳が外に運び出されはじめた。

「おっと、旦那。じゃま、じゃま」

「おう。すまんのう」

部屋に声が飛ぶ。離れの畳も上げられた。

あとは天井から壁から棚までと、笹竹で煤払いである。

「それじゃ、あっしらはこれで」

「あとでまた来まさあ」

権三と助八が急ぐように、二丁目の長屋に帰った。これから自分たちのねぐらの大掃除である。

　すでに町のあちこちで、また路地からも、畳を叩く音が聞こえている。幾兵衛と治平次のねぐらでも、おもての美濃屋でも進んでいることだろう。

　療治処の庭では、右善が竹の棒でつぎつぎと畳を叩きはじめた。ほこりが立つ。

「ゴホン。うへっ、こんなにたまってやがったか」

「あはは。それは右善さんの部屋のでさあ」

　一緒に畳に音を立てていた留造が言った。

　梅野屋の惣太郎が、御膳籠《ごぜんかご》をいくつも抱え持った手代と小僧を引き連れ、療治処の冠木門を入って来た。もちろん自分でも抱え持っている。

　以前、梅野屋では惣菜の入れ物を飯箱《めしばこ》といっていた。それを嫁入ったばかりのお登与が、

「――わたしも出前、いたしますから〝御膳籠〟としてくださいましな。女のわたしが飯箱とはどうも」

　と、惣太郎に言って呼び方を変えたのだ。品《ひん》のある呼び方だ。

　そのお登与はいま、商舗《みせ》のほうで仕出しに大わらわである。

　御膳籠から四人分の仕出し弁当が縁側にならべられ、

「三八駕籠の長屋にも二人分、届けておきますから。さあ、つぎ参りますよ」

惣太郎は手代と小僧をうながし、冠木門を急ぐように出て行った。梅野屋では、きのうよりきょうのほうが忙しそうだ。

陽はすでに西の空に入っている。

長屋はひと部屋だけで、畳を上げての煤払いも早く終わる。

「進み具合はどうですかい」

「仕上げに参《めえ》りやしたぜ」

と、権三と助八がまた冠木門をくぐったのは、煤払いも掃き出しも終わったころだった。

畳を入れ、出した家具類を運びこみ、

「さあて」

と、一同がさっぱりとした部屋で、一年の塵《ちり》を叩き落とした畳に疲れた腰を下ろしたのは、陽がかなり西の空にかたむいた時分だった。

梅野屋でもきょう一日の仕事を終え、調理場の火を落としたころだろう。逆に療治処の台所では、

「このかまどに火を入れるんですかい」

お定を手伝っていた助八が声を上げた。台所も煤《すす》はおろかすみずみまで磨かれ、かまどに灰もない。そこへ火を入れるのだ。

商家では煤払いが終わるとおもてに縁台を出し、奉公人らがお疲れさまと酒を酌み交わす。外なのでこのときばかりは無礼講となる。道行く人々にも誰かれかまわず酒がふるまわれる。権三と助八などはそれを目当てに町内を一周し、帰って来たときにはぐでんぐでんになっていたことがある。

きょうは療治処で酒が出る。もちろん、療治処がおもてに縁台を出し道行く人にもふるまうわけではない。昨夜は酔いかけたところでお開きになり、

「――きのうのが残っていやしょう。それもきれいさっぱりしやしょうかい」

などと、長持を屋内に運びこみながら権三の言ったのがきっかけとなったのだ。右善が煤払いを療治処で迎えるのは今年が初めてということもあり、竜尾もこころよくうなずき、それで昨夜のつづきをと話はまとまったのだ。

思いつきだった。療治部屋の諸道具を運びこみながら右善は言った。

「――ついでだ。幾兵衛と治平次も呼んでやれ」

昨夜のつづきとなれば、それも自然のながれか。だが、右善にとっては思いつきなどではなかった。留造とお定の言葉から感じ取った、あの二人の〝仮の姿〟を見極め

たかったのだ。

いま権三がその二人を迎えに行っている。助八が台所に入ったとき、

「――あいつら、呼ぶなら早く行かねえと、ふるまい酒に与《あず》かろうとふらふら町へ出ちまわあ」

と、急いで呼びに行ったのだ。

台所で熱燗の用意ができたころ、権三が一人で帰って来た。

「どうしたい、あの二人。もう出かけてたかい」

右善の問いに権三は、

「二人ともいることはいやしたが。みょうだぜ、あいつら」

実際に権三は訝《いぶか》しげな顔になっている。

右善にうながされ、話をつづけた。

「あいつら、煤払いはやるにはやったが、確かに部屋はすっきりしてやした。ただそれだけで、治平次がぬかしやがるんでさあ。今宵は遅くまで町中《まちなか》はふるまい酒で、物騒なやつらまでうろうろしやがっているからなどと。物騒なのはてめえらじゃねえのかって……」

「言ってやったのか」

と、助八。

「いいや。もうあきれて、放ったらかして帰《けえ》って来たい」

権三は言う。

これには権三や助八のみならず、一同が首をかしげた。どうみても、博奕打《ばくちう》ちの言葉ではない。

「さあさあ、皆さん。きょうはご苦労さまでした」

と、竜尾は一同をうながし、座はいつもの身内だけのなごやかなものになった。

右善には思えてきた。

(出られない理由《わけ》は、ほかにあるはず)

二

一夜明ければ、どの家もすっきりし、あらためて極月の落ち着かない日々に戻る。

療治処は、朝から患者が来ることに日常と変わりはないが、やはり世間にならって落ち着きのなさはある。

「あんれ。ここも煤払い、やりなさったか」

と、療治部屋や待合部屋に入った患者は、ぐるりと部屋を見まわして言う。どこにでも聞かれる、煤払い翌日の挨拶言葉である。それがまた、年の瀬を感じさせる。

だが、患者への療治に慌ただしさを持ちこむことはできない。竜尾は鍼《はり》に集中し、右善はその横で薬研《やげん》を挽《ひ》き、精巧な秤《はかり》で一人ひとりの薬種の調合をしている。

「へっほ」

「えっほ」

三八駕籠がかけ声とともに冠木門を入って来た。

「さあ、着きやしたぜ。親方」

と、縁先に駕籠尻をつけ、駕籠からころがるように出て来たのは、町内の左官屋の親方だった。

「さあ、つかまりなせえ」

「腰がふらついておりやすぜ」

と、権三が肩を親方に近づけ、助八が腰を支えようとしたのへ、

「ああ、これくらいのことは自分でできらあ」

親方は縁側に這《は》い上がり、そのまま這って待合部屋に入った。

「ありゃりゃ、親方。どうしなすった」

「ああ、きのう煤払いに張り切り過ぎてよ。朝起きたらこのザマよ。痛《いて》て」

腰を痛めた左官屋の親方が待合部屋に入り、部屋は一段とにぎやかになった。療治部屋にも聞こえてくる。

親方の声だ。

「まだ明るいうちだったが、わしの家でも外に縁台を出してなあ、若い衆にふるまい酒としゃれこんだのよ。俺も飲み過ぎたようだ」

「知らぬお人らも来たろう」

と、別の声。

「来た、来た。そのなかに、みょうなことを訊きやがるやつがいたぜ。おとといの美濃屋さんでの捕物よ。逃げたやつがいると聞いていないかなどとよ。捕まった賊は二人で、お役人は一人も逃がしちゃいねえって言っておいてやったよ」

「あ、それなら俺も聞かれたぜ」

と、さきほどの声。

「行商人みてえな形《なり》してやがったろう」

「ああ、そうだった。まだ一人、どこかでかくまわれているってうわさはないか、新たに取籠っていそうな、怪しい家はないかなどとしつこく訊きやがってよ。知るかそんなこと、と追い返してやったぜ」

「それならここのお師匠《しょ》さんか、右善の旦那に訊けばいいのにねえ。その場にいなさったのだから」

と、女の声。

右善は耳をかたむけた。

いずれも行商人風だったという。それも一人ではなさそうだ。おとといの遊び人風体の者どもが、変装を変えたのだろう。やはり町場を知らぬ武家の者だ。煤払いの日に行商人が出歩くはずがない。それだけで単なる野次馬のつづきではなく、故意の聞き込みとわかる。

「そんなみょうな野郎、ここには来やせんでしたかい」

「療治処はふるまい酒など、やっていなかったからなあ」

左官屋の親方の番になり、腰に鍼を受けながら言ったのへ右善が代わって応え、はたと気づいた。

（幾兵衛と治平次は、それを避けていやがった）

だが、なぜ……。

新たな疑問が湧いてくる。

午後の往診には、もうそろそろという妊婦《にんぷ》もおり、お定が薬籠持についた。竜尾は町内の産婆《さんば》も兼ねているのだ。

留造が見送りがてら冠木門を半閉じにし、療治部屋と待合部屋の掃除に入って来た。右善が薬草を手に、書見台《しょけんだい》に開いた薬草学の書物に目をとおしている。薬草学と灸《きゅう》については、すでに師匠の竜尾に比肩《ひけん》するほどである。

手にしていた薬草を下に置き、

「おう、留造。きのうは疲れたろう。左官屋の親方みてえになっていねえか」

「いえ、いえいえ。大丈夫でさあ」

留造はやりかけた掃除を切り上げ、早々に奥へ消えた。鍼である。見習いの右善に打たれたのでは、危なくてしようがない。

「もう、けっこう打てるのだがなあ」

右善はつぶやき、ふたたび薬草を手に書見台へ目を移した。待っている。

権三と助八は午前の最後の患者を送って行くとき、

「――このまま内神田のほうをながして来まさあ」

「――変わったうわさなどありゃあ、またここへ戻って来やすので」

言っていた。

すでに事件からまる一日置いているが、最初の現場になった神田の大通りに、締めくくりとなった湯島のうわさが、どのように伝わっているか気になる。

それもさりながら、松平屋敷がどう出るか。幾兵衛たちはそれを避けている、というより警戒している……。

成果として、善之助と松村浩太郎、それに色川矢一郎と藤次の役務上での失態は、じゅうぶんに穴埋めできた。だが事情が事情だけに、このあといかなる災厄が降りかかってくるかわからない。

（色川あたりが、なんらかの知らせを持って来ないか）

事件は、右善のなかではさらに膨らみそうなのだ。

留造は奥に入ったきりで、療治部屋に一度も出て来なかった。よほど右善に鍼を打たれるのを恐れているようだ。

陽が西の空にかたむきかけている。そろそろ竜尾とお定が往診から帰って来るころだ。権三と助八もうわさを集め、戻って来てもいい時分である。

かけ声だ。帰って来た。

はたしてうわさは……、右善が陽射しのいい縁側に出ると、

「ん？」

空駕籠ではなく、客を載せているではないか。

駕籠尻が縁側の前につき、

「お義父《とう》さまっ」

と、駕籠の垂《たれ》を上げたのは、嫁の萌《もえ》だった。

権三が、

「神田の大通りで見かけやして、これから明神下とおっしゃるもんで」

「帰りもしっかり、お送りいたしやす」

助八がつないだ。駕籠に乗るので、連れていた女中は帰したという。

来た用件はわかっている。

八丁堀の同輩の娘で、赤子のころから知っている。子供のころはすぐ近くの児島家にもよく遊びに来て、庭に穴を掘ったり障子を破いたりで、いつもころころと笑う娘だった。誰に似たのか堅物の息子の善之助には、こんな嫁が必要と右善が所望し、児島家の嫁に迎えたのだ。その萌の顔が引きつっている。

「来ると思うておったわ。さあ、上がれ」

と、右善が縁側を手で示したところへ、

「あらら、これは萌さま」

と、冠木門から小走りになったのは竜尾だった。

「あれあれ」

と、薬籠を小脇にしたお定がつづいている。

右善がずっといて火の気があり、暖かいからといって萌を療治部屋に上げるわけにはいかない。竜尾は萌を奥の座敷に招じ入れた。

火鉢を横に、右善と竜尾と萌は鼎座《ていざ》になった。

権三と助八は療治部屋で、火鉢の炭火をはさんで待っている。

案の定だった。おととい善之助は夜遅く、疲れ切ったようすで帰って来て、きのう煤払いのときも深刻な表情で口もきかず、萌が質《ただ》しても返事さえしなかったという。けさ出仕するときも、役向きについてなにも言わなかったそうだ。

きょう、その原因を実家から聞いたらしい。おなじ八丁堀である。善之助が護送中の科人を逃がしたというのだから、萌は仰天した。なんとか二人を捕えたが、お役御免にはならないだろうがお役替えになってもおかしくはない。それで居ても立ってもおられず、捕えた場所が神田明神下だったと聞き、義父の右善を訪ねたというのだ。

夫の役務で義父を訪ねていいものかどうか、萌はずいぶん迷ったことであろう。それでこの時分になってしまったようだ。

右善よりも、

「わたくしも聞いたときには驚きました。したが、失態どころか大手柄ですよ」

竜尾が応え、そのときのようすを語った。

「おもてから善之助さまが捕方を率いてお打込みなされ、松村さまが裏手から。それで賊二人をお縄に……」

萌の表情はかなりやわらいだ。

事件の背後には松平家の影があり、こたび善之助と松村浩太郎は、むしろ奉行所内で同情される立場にあることは、右善が詳しく説明した。

萌は言った。

「さっそく八丁堀に帰り、松村さまの奥さまにも話しておきまする」

同心の妻として、主人を励ますにも知っておくべき事柄であろう。

竜尾が夕の膳をすすめたが、早く松村家にも知らせたいのだろう。帰りを急いだ。

「へいっ、がってん」

「急ぎやす」

権三と助八もその気になった。

まだ陽は落ちていないが、八丁堀に着いたころには暗くなっているかもしれない。

いつぞや助八が言っていた。

「――日暮れてから日本橋あたりを通ると、ほろ酔い機嫌でこっちへ帰《けえ》る上客がよくつかまるんでさあ」

きょうの夕餉はいつものように竜尾と右善、留造とお定の四人となった。

膳を前に右善が言った。

「いけねえ。権三と助八に、内神田のようすをまだ聞いておらなんだ」

それだけでなく、右善にはこの日、まだ待っている者がいた。

三

その者が来たのは、ちょうど母屋の居間で夕餉が終わり、右善が離れに戻ろうとしていたときだった。萌を乗せた三八駕籠は、もう日本橋を過ぎ、八丁堀に入っているころだろう。

「療治部屋にも離れにも気配はなく、それで玄関にお声を入れた次第でして」

と、その者は言う。職人姿で手斧《ちょうな》を肩にした、色川矢一郎である。

「筋違御門の番士、もうもとの旗本家に戻っておりました」

玄関口で色川は言った。提灯を持っていないところをみると、奉行所を出たときにはまだ明るかったのだろう。

「ほう、そうか。よく見定めてくれた。ともかく、待っていたぞ。ここじゃなんだ、離れのほうへまわれ」

と、そのまま右善も一緒に離れに向かった。

竜尾は母屋に招き入れようとしたが、遠慮した。ここからさきは立ち入るべきではないと思ったようだ。

代わりに、留造が手あぶりの炭火とお茶を運んで来た。

「で、向こうさんの動きは」

あぐら居に手あぶりをはさんで座し、炭火に手をかざして言う右善に、色川もあぐら居で湯飲みを両手で持って手をあたため、

「きのうでした」

と、身なりは職人でも、ご政道に関わる話のためか、あえて伝法な口調は避けているようだ。それがまた、部屋に緊張をもたらした。

「きのう幸橋《さいわいばし》の松平屋敷では、煤払いは奥とおもての政庁だけで、中奥は通常どおり政務をとり、きょう煤払いをやったそうです。ご老中の定信さまはきょう一日、朝から登城され、夕刻近くになって屋敷へお戻りになられました」

大名屋敷の中奥とは、藩主が起居する日常の殿舎であり、政務をとる御座《ござ》ノ間《ま》や藩士を接見する場もそこにある。

「ふむ。松平屋敷の中奥は、おとといからきのうまで、事件で煤払いどころではなかったとみえるな。それできょう朝早くに登城し、屋敷へ戻ったころには中奥の煤払いが終わっていると……。屋敷内をうまく調整したものだのう」

「そのようで」

「それできょう、城中ではいかような動きがあったか、聞いておるか」

「はい。それを伝えに来たのです」

「ふむ」

右善は手あぶりの上に身を乗り出し、色川も上体を前にかたむけ、声を低めた。

「城中ではきょう午前、ご老中に大目付さま、目付衆、勘定奉行に寺社奉行さま、それに南北両町奉行所のお奉行ら、お歴々の膝詰《ひざづめ》がある予定だったとのことです」

「予定だった？　それだけの面々が集まれば、なにやら重大な町触《まちぶ》れのご沙汰の算段だったと思えるが」

「おそらく。それが午後になったそうで。これは大手門までお奉行の柳生《やぎゅう》久通《ひさみち》さまに随《したが》った与力のお方から、直接聞きました」

「で、いかなる町触れのご沙汰があったのだ」

「それが、膝詰は午後もなかったそうで。お奉行もお供の与力のお方らも、結局一日中待たされただけで、日の入りのかなりまえに奉行所へお戻りになり、その一部始終を聞き、急いでここへ駈けつけた次第でして」

「一部始終といっても、ただ待っていただけではないか」

「へえ、そのとおりで」

　色川はいくらか伝法に応えた。

　聞いてから右善は、色川の話をまとめるように言った。

「つまりだ、おとといの煤払いの日も、松平屋敷の中奥は正常に機能して横目付どもが出入りし、ご老中の定信さまはその結果を胸中に秘めてきょうご登城され、なにやら大事なご政道に関わる町触れの沙汰をひっこめた、と……」

「たぶん、そういうことに」

「で、その町触れは？」

「へえ。なにぶん膝詰がおながれになったもので、お奉行も与力のお方も、慥《しか》とは聞いておいでではないようでして」

「そういうことか」

「へえ、そういうことで」

と、こたびの事件に最初から係り合っていた右善には、おとといからの松平屋敷の動きも、老中の松平定信が引っこめた町触れがなにかも察しはついた。色川と手あぶりの上で視線を合わせ、互いにうなずきを交わした。

二日前、盗賊の鬼三次を閉じこめた唐丸籠が筋違御門を通ったあと、松平家の横目付たちは焦《あせ》った。

だが、さすが松平家というべきか。どのように手をまわしたのか奉行所も牢屋敷も煤払いで機能の停止しているなか、湯島で六郎太も捕縛され、すでに牢屋敷に護送されたとの確証を得たはずである。松平屋敷の中奥が煤払いを翌日にくりのべ、政務がとりおこなわれていたのはこのためだろう。定信も横目付大番頭の森川典明も、中奥でイライラとした一日を送ったことだろう。

その光景に、右善は色川の話を基に想像をめぐらした。

中奥でも横目付の大番頭が定信と話しこむのは、家老やその他の重臣たちがうやうやしく顔をそろえる御座ノ間ではない。他の者をまじえない他の一室である。

煤払いの日の前日である。森川典明が冬というのににひたいに脂汗《あぶらあせ》をしたたらせ、あるじ定信の前に平伏していた。激怒した定信に、脇息《きょうそく》を投げつけられたかもしれない。町方に捕縛された足軽を一人、町方の護送中に始末したものの、もう一人に逃げられたことを報告したのだ。

両国の賭場から屋敷に逃げ帰った一人を斬首し、町方に押さえられている二人も始末せよと命じたのは、定信かもしれない。それとも森川典明が進言し、定信が黙認したものか……。

森川典明は配下の横目付らを総動員し、町方の動きを見ながら逃げた一人の行方を探った。それがふたたび町方の手に落ち、小伝馬町の牢屋敷に送られていたことが判明したのは翌日、煤払いの日だった。

定信の激怒はつづいた。すでに松平屋敷が、さような者は当家にはおらず、人違いであろうと言って収まる段階ではない。足軽は士分であり、藩士である。松平家の藩士が賭博で町方に捕縛されたとの事実は、柳営《りゅうえい》（幕府）のみならず町々にも流布《るふ》され、定信は面目を失うばかりか、老中に就いてから半年も経ないうちに出鼻をくじかれ、ご政道への影響は計り知れない。

脂汗をしたたらせ報告する森川に定信が浴びせた言葉は、罵声そのものだった。

「——わしは江戸中の煤払いが終わった翌日、柳営で博奕《ばくえき》停止《ちょうじ》の令《れい》を発し、年内に町触れを徹底させ、来年一月一日を期してこの世から賭事《かけごと》がごとき悪《あ》しき類《たぐい》を、一掃《いっそう》するはずであったのだぞ！」

「——ははーっ」

森川はただただ平伏し、ひたいを畳にこすりつける以外なかった。その松平家の藩士が、賭博で町方に捕縛されたのだ。

かくして煤払いの終わったきょう午前、城中で予定されていた幕閣《ばっかく》の寄合《よりあい》が午後になり、そしてながれた。


手あぶりの炭火が燃えている。行灯《あんどん》の灯《あか》りよりも明るいほどで、部屋はかなりあたたまってきた。留造が気を利かせ、炭を多めに入れていったようだ。右善は手あぶりから両手を遠ざけ、武士言葉になった。

「そういうところであろうのう」

「おそらく、さように」

色川も前にかたむけていた上体を起こした。

二人の話は終わったわけではない。

色川が言った。

「したが、腑に落ちぬところがございます」

「ふむ、言ってみよ。儂も疑念を覚えるところが一つあってのう」

「はい。ならば、私のほうから。実はきのう一日、煤払いの日だったので、松平屋敷の中奥が日常のごとしと聞き、煤払い手伝いの職人を装って見張っておりました」

「ふむ。八丁堀の組屋敷でも煤払いがあったろうに」

「それは出入りの職人や商人が、手伝いに来てくれましたので。するとです、神田の大通りで見覚えた横目付が、幾人か出入りしておりました。形《なり》は行商人になっておりましたが、その者たちは件《くだん》の遊び人風体の者たちでした。松平屋敷が六郎太の身柄の行方を知ったのは、きのうのいつごろかは知りませんが、知れば横目付が筋違御門から引き揚げたように、町場に出張る必要もないはずです。ところが日暮れてからもまだ出入りがありました。みょうではありませぬか。手が足りず、いずれへ何をしに行っていたのかまで探れなかったのが心残りです」

「ふふふ、色川よ。儂が言いたかったのもそのことよ」

「えぇえ」

二人はふたたび手あぶりの上に上体をせり出した。

「その行商人たち、この町に来ていたぞ」

「えっ」

「きょう、療治処に来た患者たちから聞いたのだが……」

右善は左官屋の親方たちから聞いた話、さらに権三が幾兵衛と治平次を呼びに行くと、治平次が〝物騒なやつらまでうろうろしやがっているから〟などと言い、二人とも来なかったことまで、詳しく語った。

「うーむ、そうですかい」

と、話が幾兵衛と治平次のことになると、つい色川は伝法な口調になり、右善もそれに合わせて言った。

「打込んだときもよ、やつらあのねぐらからほとんど外に出なかったというじゃねえか。こいつはあの二人が、松平屋敷となんらかの係り合いがあり、横目付たちの目を避けているからに違《ちげ》えあるめえよ」

二人の話はつづいた。

「どうしやす」

「どうするもこうするもねえ。乗りかかった船だ。このまま打っちゃっておいたんじゃ目覚めが悪い。六郎太の件も、松平家がどう出るか気になるし。こたびの一件、まだ終わっちゃいねえとみなけりゃなるめえ」

「これからあのねぐら、ちょいとのぞいてみやすかい」

「いや。あの二人には、儂らがなにも気づいていねえと思わせるのだ。機会をみるためにな。善之助にも言っておいてくれ。また藤次の手を借りるかもしれねえ、と」

　萌が来たことはここでは話題にならず、留造が持って来た提灯を手に、色川が裏の勝手口から帰ったのは、かなり暗くなってからだった。昨夜なら煤払いのふるまい酒で通りにはまだ灯りがあり、人も出ていたが、きょうはもういつもの暗い夜に戻っていた。権三と助八が来なかったのは、八丁堀の帰りに日本橋あたりでほろ酔い機嫌の上客を拾ったからかもしれない。

四

　極月十五日の朝である。

　曇っていた。冷え込みも厳しい。

日の出がわからず、町の動き出すのがいつもより遅かったかもしれない。留造が冠木門を八の字に開けているが、まだ患者は来ていない。療治部屋ではすでに火鉢に火が入り、五徳《ごとく》にかけた薬缶が湯気を噴いている。療治部屋では薬湯を煎じる必要から、薬缶から湯気の立っているのが常態であり、それだけ部屋は暖かい。

庭に人の気配がした。竜尾が立ち、障子を開けた。最初の患者はいつも、縁側から直接療治部屋に入れているのだ。

「お師匠、右善の旦那はいなさるかい」

声はなんと幾兵衛だった。

「へへ、また朝早うから申しわけありやせん」

と、治平次も一緒だった。目立つ熊の毛皮は着けていない。幾兵衛とおなじ、着物を尻端折に股引を履き、厚手の半纏を着けた目立たない姿である。

どこかを傷《いた》めたようすではない。三日前、賭場の見逃しの礼に来たときもそうだったが、二人には普段ならまだ白河夜船の時分である。しかもきょうは、陽が出ていない。患者の来る前にと、相当無理をして出て来たのだろう。

(用件はなにか)

右善は期待を持ち、縁側に出た。

「おおう、おめえたち。性懲《しょうこ》りもなく盆茣蓙《ぼんござ》のやりすぎで、腰でも傷めたかい」

「いえ、そんなんじゃありやせん。旦那にちょいと話がありやして」

幾兵衛が遠慮気味に、庭に立ったまま白い息を吐いた。

「師匠、よろしいかな」

「どうぞ、ごゆるりと」

竜尾は返した。療治部屋ではやはり、差配は竜尾である。離れへ戻るには師匠に断りを入れなければならない。

「ここほどあったまっちゃいねえが、まあ縁側で話すよりはましだろう」

と、右善はそのまま縁側から庭に下りて庭下駄をつっかけ、

「権三と助八が来て、仕事に差し支えなければ、ちょいと離れへ顔を出すよう言っておいてくださらんか」

「はい、言っておきましょう」

と、竜尾は協力的だった。

権三と助八に、幾兵衛と治平次の二人と、もっと懇意にさせておきたいのだ。幾兵衛と治平次の身辺にさりげなく探りを入れるには、権三と助八は大事な岡っ引なのだ。

それに権三と助八から、まだ内神田のようすを聞いていない。きのうは遅くまで内

神田に歩を踏み、それだけ町のようすも見聞きしているはずである。

もちろん権三と助八は、右善が幾兵衛と治平次の背景を探ろうとしていることなど気づいていない。そこがまた、右善にとっては大事なのだ。

「さあ、行こうか」

右善が、幾兵衛と治平次をうながしたところへ、冠木門のほうから権三と助八のかけ声が……。

(早すぎる)

幾兵衛と治平次がいかなる話を持って来たのか、まだ聞いていない。戸惑っている右善より、幾兵衛と治平次のほうがさきに言った。

「おっ、これはお二人さん。ちょうどよかったぜ」

「おめえさんらの話、また聞きたくってよ。ほれ、美濃屋でお縄になった科人を、まんまと小伝馬町まで運んだってあれよ。何度聞いてもおもしれえや」

「そうかい、そうかい。で、おめえらこれから離れの旦那の部屋へ?」

「そんならあっしらも」

権三に助八がつなぎ、縁側に出て三八駕籠が乗せて来た腰痛の婆さんのからだを支えていた竜尾に、視線を向けた。急な仕事の有無をたずねているのだ。

「はい、どうぞ。またお声がかかりがあれば呼びますから」

竜尾は応えた。

庭に下りていた右善の戸惑いは瞬時で、いま脳裡は回転している。

取籠り解決の夜、療治処の居間で軽く熱燗を用意したとき、暗くなってから幾兵衛と治平次も来た。そのとき二人は権三と助八の自慢話を聞いており、右善や色川、藤次らの動きからも、松平屋敷が次郎太を抹殺し、さらに六郎太をも狙っていることに気づいている。

（こいつら二人、儂にその後の松平屋敷の動きを知っていないか、探りに来たな）

いまはすでに、治平次は権三と助八を〝おめえら〟ではなく〝おめえさんら〟と呼び、権三は〝そうかい、そうかい〟と嬉しそうに応えている。双方を懇意になどと右善が考慮しなくても、もうじゅうぶんに進んでいるようだ。

また竜尾に言われた留造が、離れの部屋に炭火と熱いお茶を運んで来た。療治部屋の手伝いには留造かお定が入ることだろう。

離れの部屋に、右善を中心に駕籠舁き人足ふたりと遊び人ふたりが、手あぶりを囲んで膝詰になった。

座は最初から打ちとけた雰囲気だった。

あぐらを組むなり、

「おめえさんらが聞きたいって話よう」

と、権三も相手を〝おめえさんら〟と呼び、駕籠で松平家の横目付たちが詰める番所の前を通り抜けたことから、

「おめえさんら、入《へえ》ったことあるかい」

と、牢屋敷の門内に入り、与力からねぎらいの言葉まで受けたことを得々と語り、それが二回目であるにもかかわらず、幾兵衛と治平次は相槌を入れながら熱心に聞いている。

話のなかには、

「色川の旦那も、藤次の親分もよう……」

と、色川矢一郎や藤次の名も出た。

幾兵衛も治平次も、色川と藤次が、遊び人が最も忌《い》み嫌う奉行所の隠密廻り同心と岡っ引であることを知っている。だが幾兵衛と治平次はそこへの嫌悪感をまったく示さない。治平次などは、

「そうかい、そうかい。色川の旦那も藤次親分も、番所の前をさりげなく通りなさるたあ、大《てえ》したお方らだ」

と、親近感すら示していた。

権三の話がひととおり終わると、

「ところで、右善の旦那」

と、幾兵衛が右善に視線を向けた。

右善は返した。

「おう、なにか訊きたいことでもあるようだなあ。おめえらがこんな早《はえ》え時分に来るなんざ、このめえもそうだったが尋常ではねえぜ」

「いえ、そんな大げさなもんじゃございません」

幾兵衛はことさらに顔の前で手の平をふり、

「きのうね、ふらりと筋違御門のほうへ出かけ、番所のほうをちらと見たんでさあ。するってえと二本差の侍《さむれえ》じゃなく、めえとおなじ六尺棒のお人らになっていなすった。さっき権三どんが言ってた松平の恐《こえ》えお人ら、もう引き揚げなすったんでしょうかねえ」

「あっ、そういえばそうだ。きょうはまだ通っていねえが、きのうの夜通ったときにや、いつもの番所と変わりがなかったなあ」

「おお、そうだった」

と、権三と助八はいまさらながらに気づいたようだ。

「ということは、旦那」

と、幾兵衛がまた右善に視線を向け、

「松平のお人ら、もう切り上げなすったんでやしょうかねえ」

やはり、それを訊きに来たのだ。

「それそれ。煤払いの日も、みょうなよそ者がこの町をうろついてやがったが、そいつら、いま思やあ松平屋敷のお人らだったかもしれねえなあ。内神田じゃ、えれえ評判だからよ」

「えっ」

「どんな」

右善よりも権三が応え、幾兵衛と治平次は同時に視線を権三に移した。

駕籠舁き人足や荷運び人足には、あちこちに一膳飯屋など申し合わせたような溜り場があり、行けば常に同業が幾人かたむろしている。そこで交わされるうわさ話は、町場の揉め事からご政道の話まで多岐《たき》にわたっている。

権三は言った。

「乾物屋の前で何者かに殺されたのは、ありゃあご老中の松平家のお侍でよう、殺《や》ったのも松平の手の者ってことは、江戸中の者みんな知ってるぜ」

　伝わるべきことは、伝わるものである。与力も同心も、あからさまに口には出さなかったが、奉行所が口止めしたわけではない。捕方も含め、個々に遠慮していただけである。

　権三と助八が右善から内神田のうわさを拾って来てくれと頼まれ、午後に内神田をながし、いつもの日本橋に近い溜り場に寄ったのはきのう、事件より煤払いの日をはさんだ二日目のことである。

　話は生々しい。縄抜けと殺害事件のあった日のうちに、逃走した二人の科人が湯島で捕まり、小伝馬町の牢屋敷に送られたことも、すでに流布《るふ》されていた。その速さに権三も助八も驚いたものである。もっとも煤払いの前日は、内神田一帯は神田の大通りを中心に役人が出張り、ものものしい雰囲気だったのだ。それに筋違御門の番所にいつもと異なる、役人ではない二本差の武士が出張っていたことも、通ったものは実際に見ているのだ。

「――あのお侍さんら、ご老中の手の者だというぜ」

　と、そのうわさも広くながれていた。

　そうしたうわさが語られている溜り場へ、権三と助八が立ち寄ったのである。

「――それ、それよ。俺たちだぜ」

「――なんだと⁉」

「――うそじゃねえ。俺たちがお役人に頼まれ、運んだのよ」

権三と助八が指で自分をさし、言わないはずがない。

駕籠舁き仲間たちは、権三と助八のねぐらが明神下の湯島であり、元同心のいる鍼灸療治処のお抱えであることも知っている。信憑性はある。それだけではない。二人の言うことが、

――殺《や》ったのは松平の手の者
――筋違御門を、松平のお侍が固めていた
――唐丸籠は一挺だけだった
それらのうわさと、まったく符合しているのだ。

「――おぉお、そうかい。おめえらがなあ」

「――そんな危ねえ仕事、酒手《さかて》ははずんでもらったろうなあ」

同業たちは権三と助八を囲み、口々に言ったことであろう。

いま療治処の離れで話す言葉からも、それはうかがい知れた。

権三はつづけた。

「そりゃあまあ、間違ったうわさがながれねえように、俺たちからもちゃんと話しておいたがよ」

「そう。場所もお縄になった数もきちりと」

と、助八も締めくくるように語った。

これでいっそう、松平家の係り合いが江戸市中に広まることになるだろう。

「で、どうなんですかい。松平屋敷は、このことから手を引きやしたのかい。それとも……」

幾兵衛が質《ただ》した。

「そんなこと、儂《わし》が知るか」

右善は返し、

「まあ、気になるのなら、町内に胡乱《うろん》なやつらが入って来ていねえか、てめえらの目で注意することだなあ」

言い放った。

「ううっ、それは」

幾兵衛は口ごもり、治平次も困惑の表情になった。

留造の声が玄関口から入って来た。

「権三どん、助八どん。駕籠のご用命じゃ」

「おう、いま行かあ」

「それじゃ」

　と、権三と助八は腰を上げた。朝一番に運んで来た腰痛の婆さんの療治が終わったのだろう。

　助八が部屋を出しな、治平次に言った。

「どうもさっきからみょうに思ってたんだが、治平次どん。きょうはあのあったかそうな毛皮はどうしたい。あれを着ていねえと、おめえさんらしく見えねえ」

「あはは、あれかい。まったく山立《やまだち》か山賊みてえでよ。昼間、街《まち》に出歩くときはよせって言ったのさ」

　幾兵衛が代わって応え、治平次はうなずいていた。

「あはは、違《ちげ》えねえ」

　権三が返した。

（ん、山立……？）

　右善は胸中に響くものがあった。

　山立とは、山中に鹿や熊、猪《いのしし》を追って暮らすマタギのことである。その言葉には、里《さと》の者には得体の知れない不気味さがある。

　なるほど、四十代なかばの幾兵衛は喧嘩《けんか》慣れした遊び人の面《つら》だが、三十代なかばの治平次は敏捷《びんしょう》そうな身に、顔には地肌ではなく鍛えた浅黒さがある。

　部屋には右善と幾兵衛、治平次が残った。

　二人は目立たぬいで立ちで、その後の松平屋敷に動きはないか探りに来たのだが、右善から得るものはないと判断したか、

「それじゃあっしらもこれで」

　と、腰を上げた。

　部屋を出る二人に右善は、

「身辺でなあ、なにか気づくことがありゃあ教えてくれ」

「えっ、どういうことで」

　幾兵衛がビクリとしたようにふり返った。

「いやいや。まあ、身のまわりには気をつけろということだ」

「そりゃあ、もう」

　幾兵衛は返し、治平次はぴょこりと頭を下げた。二人は、賭場の開帳を注意されたと解釈したのかもしれない。

五

午後、右善は竜尾の薬籠持で町場に出た。松平家の横目付が身なりを変え、出張《でば》って来ていないか探るためである。

二軒目の患家に入ったときだった。留造が右善を呼びに来た。往診は順序どおりまわっており、急用のときはすぐ所在がわかる。産気づいた女が出たときなどは、お定が走って知らせに来て、そのまま駈けつける。

色川が療治処に来たという。竜尾も承知し、右善は薬籠持を留造と交替して療治処に急ぎ引き返した。色川が来たのなら、きのうと同様、右善からも話しておきたいことがあるのだ。

色川は離れの部屋で待っていた。手あぶりに炭火が入り、お茶も出ている。お定が用意したようだ。

「おう、待ったかい」

と、右善が腰を手あぶりの前に据えるなり、

「やはり……でした。昨夜、右善さまとここで話し合ったとおりで」

色川は開口一番に言った。柳営の話のようだ。身なりはいつもの職人姿だが、それなりの口調になっている。

つづけた。

「きょう、お奉行が登城され、幕閣のどなたかから聞かれたそうです。お城に同行された与力のお方が、こたびの一件にたずさわった私ども隠密廻りと定町廻りを奥の一室に集め、話されました。善之助どのと松村どのは、一番前の席に……」

「じれったいぞ。せっかく往診の途中で帰《けえ》って来たのだ。おまえの話はいつも順序立ててまとまりはいいのだが、つまり老中の松平さまはこたびの件で、相当打撃を受けていると、そういうことかい」

「さようで。実は煤払いの翌日に、件《くだん》の博奕停止《ばくえきちょうじ》の令《れい》を出し、町触れを年内に徹底させ、来年一月一日をもって実施との運びだったらしいのでさあ」

町場に関わる話になったからか、色川は身なりにふさわしい口調になった。

「つまりその矢先に、てめえんとこの足軽が賭場で捕まったてんで、示しがつかなくなっちまった、と。それで停止の令は出すに出せなくなった、と」

「そのとおりで」

「ふふふ、まったく思ったとおりだ。したが、おめえがわざわざそれを伝えに来たとは、与力どののお達しはそれだけじゃあるめえ」

「ご推察のとおり」

色川は湯飲みを口に運び、話をつづけた。

「与力どのがあっしらに下知《げじ》されるにゃ、六郎太はすでに牢屋敷であり、入牢《じゅろう》証文には単に〝奥州無宿〟とあり、これからの詮議は無宿者として扱われるから、さように心得よ、と」

「なるほど、白河藩松平家には触れるな、と。お奉行のご下知かい」

「わかりやせん。与力どのがお奉行のご意志を斟酌《しんしゃく》し、あっしらにそう下知されたのかもしれやせん。まあ、それはともかく、きょう奉行所でそんなことがあったことだけ、お伝えしておきたいと思いやして」

言うと色川は腰を上げようとする。

「どうしたい。まだなにか探索ごとを抱えているのかい」

「いえ。ここんとこしばらく、明るいうちに八丁堀に帰《けえ》っていねえもんで。きょうは女房が夕の膳を用意しておりやしょうから」

「おう、それはすまねえ。ならば儂も手っ取り早くすまそう。きょうもまた朝早くに幾兵衛と治平次が来てなあ」

「えっ、やつらがまたなにか」

色川は腰を据えなおした。

右善は、幾兵衛と治平次がその後の松平屋敷の動向を気にしていること、さらに権三と助八が町場にながれているうわさを披露したことなどを話した。

「うーむ」

色川はうなった。隠密廻り同心にとって、そうした町場のうわさは貴重なのだ。

「おもしれえ。六郎太を〝奥州無宿〟などとしているのは、奉行所と牢屋敷だけってことになりやすねえ。そこに幾兵衛と治平次がどうからんでいやがるのか……。牢屋敷で奥州無宿じゃねえ、松平さまの足軽である六郎太の詮議に、あっしや善之助どのができるだけ係り合えるよう、努力してみまさあ」

「頼むぜ」

「へいっ。六郎太の詮議はあしたからでございやす」

色川は威勢よく返すと手斧を肩に、あらためて腰を上げた。

「あしたからか」

右善はその背を見送りながらつぶやいた。

陽はまださほどかたむいていない。この分では、色川は明るいうちに八丁堀に帰れそうだ。

離れの部屋に、右善は一人となった。

手あぶりに手をかざし、回想した。といっても、ここ数日のことである。

薬籠持で佐久間町からの帰り、幾兵衛と治平次の賭場をちょいと注意したのが、そもそもの発端《ほったん》となった。わずか四日前のことである。

(それにしても善之助よ。おめえ、えれえタマを掘り起こしやがったなあ)

思えてくる。両国の賭場に打込み、次郎太と六郎太を捕縛したことである。

(最後まで見とどけようじゃねえか)

思うのは親子だからか、隠密廻り同心のころの意気込みがよみがえって来たからなのか、右善自身にもわからなかった。

美濃屋への打込みを終えた日の午後、薬籠持で患家をまわっているとき、竜尾の言った言葉が、ふと脳裡をよぎった。

「――右善どのも、人の子でございますなあ」

陽の大きくかたむいたころ、竜尾と留造が往診から帰って来た。

行灯なしで夕餉の膳を前にするのは、久しぶりのような気がする。

「ふふふ」

つい右善は、含み笑いをした。

「どうかなさいましたか」

竜尾が碗を手にしたまま、右善の顔をのぞきこんだ。

六

(冷える。ん、なんだ、まだ夜明け前か)

夜具の中で目を覚ましたものの、右善はまた掻巻を顔まで引き上げた。

そのまま さほど時間を経たとは思われないのに、

「右善の旦那、どうなされた。朝餉の用意ができてますすじゃに」

玄関から留造の声が入って来た。

「ん?」

ふたたび目を覚まし、

「いけねえ」

顔までかぶっていた掻巻をはね飛ばし、飛び起きた。朝から曇り空であることに気がついたのだ。

「おう、すまねえ。さきにやっててくんねえ。すぐ行かあ。きのう母屋から戻るときにゃ、いい夕陽だったのになあ」

言いわけじみたことをいいながら素早く着替え厚手の半纏を引っかけ、手桶と手拭を手に井戸端へ急いだ。いつの間に出たのか、灰色の雲が空をおおっていた。

「右善どのが朝寝坊とは珍しいですねえ」

すでに終わりかけていた朝餉の座で、竜尾が笑いながら言った。

隠居の身になり、竜尾の療治処に入ってからも、朝の目覚めは八丁堀での習慣をくずさなかった。老いたご隠居になるのを防ぐためである。

「そうですよ。もう患者さんが見える時分ですよ。とっくにおもての門は開けてるんですからね。台所がかたづかないじゃござんせんか」

お定が文句を言う。陽が出ていたなら、実際にそのような時分だろう。

「すまねえ」

右善が急いで朝めしをかきこみ、箸を置いたときだった。竜尾はすでに療治部屋に入り、薬湯用の薬缶を火鉢の五徳にかけていた。本来なら、見習いの右善の仕事である。

八の字に開いた冠木門に、人の走りこむ気配を、まだ居間にいた右善も感じた。ここ数日、竜尾が気にかけていたお産まぢかの家からか……。療治部屋の竜尾は身構え、お定は膳のかたづけをそのままに療治部屋に走った。

聞こえた。

「大旦那！　おいでですかいっ。て、て、て」

藤次の声だ。息せき切っている。

「まあ、どうしました」

竜尾が縁側に出て、まだ沸騰していなかった白湯《さゆ》を飲ませた。藤次も右善とさほど歳は違わない。それがいずれかから走って来たようだ。

右善は縁側に走り出た。

「どうした、藤次！　なにがあった」

藤次はまだ派手に白い息を吐き、縁側にくずれこむように両手で身を支えている。右善はその場にしゃがみこみ、藤次の背を激しくさすった。

「だめですよ、そんなさすり方。もっとゆっくりと」

竜尾が代わった。

藤次はようやく顔を上げ言った。

「殺しでさあ」

「なに！」

右善は声を上げた。ただの殺しだけで、藤次がこうも慌てるはずがない。尋常な殺しではなさそうだ。

「儂の部屋へ」

右善はまた縁側から庭に下り、藤次の身を支えるように離れへいざなった。ここ数日、毎日のように右善を訪ねて来る者があり、そのつど離れが膝詰《ひざづめ》の場となっている。留造かお定が炭火と茶を運ぶのもいつものこととなっていた。

手あぶりを前に、藤次は茶を一気に干し、自分で急須をまた湯飲みにかたむけた。息は収まったようだ。

右善は待っていたように、

「おめえがさように慌てているところをみると、六郎太が牢内で一服盛られたりしたかい」

「大旦那、なんでそれを！　そのとおりなんで」

「なんだと！」

藤次の気を落ち着かせるために言ったことが、当たっていた。

「話せ！　詳しくっ」

「へい、けさ早くでございやす」

藤次は語りはじめた。

六郎太の詮議から、善之助は外されていた。だからきのう、色川が〝善之助どのができるだけ係り合えるよう、努力してみまさあ〟と言ったのだ。

きのう陽の沈む前に八丁堀に帰った色川は、その足で児島家の組屋敷に行き、松村浩太郎も呼んで三人で鳩首《きゅうしゅ》した。盗賊の鬼三次の詮議には、捕えた松村が当たることになっている。その松村に合力するかたちで善之助も藤次をともない、牢屋敷に出向き、与力への根まわしは色川がしておくことにまとまったという。

日の出のころに、三人は八丁堀を出た。

「あっしは昨夜のうちに連絡を受け、日本橋で待っておりやして。そこから色川の旦那は常盤橋《ときわばし》の奉行所に向かわれ、あっしは善之助旦那と松村の旦那について、朝の神田の大通りを小伝馬町に向かいやした」

「ふむ。与力どのが出仕して来て、色川が話しているころには、小伝馬町じゃ善之助が松村に合力して鬼三次を穿鑿所《せんさくじょ》に引き出し、ついでに六郎太もってえ寸法かい」

「さようで」

藤次は返し、

「するってえと、牢屋敷は異様な雰囲気でさあ。まだ朝も早《はえ》えというのに、牢屋同心の旦那方や下男《しもおとこ》たちが引きつった面で立ち動いているんでさあ」

善之助たちが牢屋敷に着いたとき、穿鑿所に運びこまれていたのは、六郎太の死体だったのだ。牢番が夜明けの見廻りで、六郎太が死んでいるのを見つけたという。早く、しかも直接行ったおかげで、善之助も松村も藤次もその死体を見ることができたのだった。

「ありゃあどう見ても毒殺でさあ。口から血をたらし、ゆがんだ顔や首筋にゃ紫色の斑点でさあ。善之助旦那と松村の旦那はそのまま牢屋同心に合力して牢内での詮議に当たり、あっしは善之助旦那からこのことを明神下に知らせろと言われ、そっと牢屋敷を抜け出して来たんでさあ」

善之助は昨夜のうちに色川から、事件に幾兵衛と治平次が係り合っていることを聞かされていた。

「きのうの、あの二人の動きを探ってもらいてえ、と」

「わかった。そう言っておけ」

右善が腰を上げようとすると、藤次はあぐらのまま、

「へへ。実は善之助旦那から、これを預かりやして」

と、ふところから房なしの十手を取り出した。

岡っ引はあくまで、同心から私的に雇われた耳役《みみやく》であり、十手も捕縄《とりなわ》も持っていない。町で〝親分〟などと呼ばれるのは、同心がうしろ盾にいるからである。

その耳役の藤次が、十手を持っている。

緊急のときには、同心が臨時に信頼のおける岡っ引に持たせることもある。

その〝緊急〟が、いまである。牢屋敷で急遽、牢屋同心に頼み、房なしのものを調達したのであろう。

これまでのながれから、善之助にはこの殺しの行方はおよそ見当がついた。そこで藤次に十手を持たせ、右善につけたのであろう。このことからも、事件への善之助の意気込みがわかる。なにしろ自分が捕えた二人が、殺されてしまったのだ。

「よし、わかった」

言うと右善はあぐらを組みなおし、

「色川から聞いたと思うが……」

と、きのう朝早くに幾兵衛と治平次が来て、そこに権三と助八も同座したことなどを詳しく語った。

藤次は房なし十手を握り締め、凝《じ》っと聞き入り、

「権三と助八も、慥《しか》と大旦那の耳役を果たしているようで。それを聞くと、けさの殺しも手を下したやつは特定できなくても、行く末は見えていますさあ。幾兵衛と治平次が係り合っているらしいこと、ますます気になりやすぜ」

わくわくするように言った。

さっそく離れは策を練る場となった。といっても、向後の展開は右善にも藤次にも予測がつかない。きょうこれからの策を話し合っただけである。

右善は言った。

「善之助は幾兵衛と治平次の昨夜の動きなどと言うが、あの二人は松平の目を避けようとしておる。やつらが六郎太を殺《や》るはずがねえ。だが、聞いておく価値はある」

「大旦那の話から、あっしもそう思いますさあ」

と、決まりである。二人はあらためて腰を上げた。

縁側の踏み石に、下駄と草履がいくつかならんでいる。すでに療治部屋にも待合部屋にも患者が入っている。権三と助八が来ていないが、いずれかに患者を迎えに行っているのだろう。

右善は庭から縁側に竜尾を呼んだ。これからの探索を人に知られてはならない。

「なんですかねえ」

明かり取りの障子を開け怪訝《けげん》そうに出て来た竜尾に、右善は庭に立ったまま無言で藤次をうながした。

「へえ」

藤次は応じ、ふところから十手をチラとのぞかせた。

「えっ、はい」

竜尾は瞬時、驚いた表情になり、

「どうぞ、心おきのう」

言った。いま進行中の事件の複雑さと、右善の決意を解したのだ。療治部屋からは右善だけでなく藤次の来ているのも見えたろうが、なんの話をしているのかわからない。右善と藤次がそろって冠木門を出たあと、療治部屋の患者は言っていた。

「右善の旦那がお出かけなら、鍼を試《ため》させろと言われなくて安心ですよ」

「なに言ってやがる。鍼はともかく、あの旦那の灸ならよう効くぞ」

待合部屋から反駁《はんばく》するように言ったのは、左官屋の親方だった。

事件と結びつくような話はなかった。

右善の腰には、大型の苦無が提げられている。右善には、これが打込み用の長尺十手である。本物の十手は、房なしだが藤次のふところにある。二人の行く先は、幾兵衛と治平次のねぐらである。

七

冠木門のある枝道から湯島の通りへ出た右善と藤次を、

「旦那ア、藤次親分。これを」

留造が白い息を吐きながら、笠を二人分持って追いかけて来た。

「おう、気が利くぜ」

「へえ、お師匠に言われやして」

藤次が言って受け取ると、灰色の雲が低くたれこめていた空から、白いものがちらほらと降って来た。冷えこむはずである。

右善と藤次は笠をかぶり、前かがみになって湯島二丁目への歩を進めた。

玄関も縁側も雨戸が開いている。まだ朝のうちで、二人は出払っていない。

ねぐらは小さな玄関に部屋はふた間で奥が台所といった構造だが、縁側もあってそこの雨戸も開いているのだ。この時分、すべての雨戸が開いているなど、遊び人のねぐらにしては珍しいことだ。ここ数日に、身についた習慣かもしれない。雪がちらちらと降り出したが、わざわざ閉めるほどのこともない。

縁側に人が出て来た。治平次だ。熊の毛皮をまとっている。障子の中までは見えないが、幾兵衛も部屋にいるのだろう。

縁側から治平次が手の平をかざし、

「嫌なものが降って来やがったぜ」

「積もりそうか」

中からの声は、やはり幾兵衛だ。

「まだわからねえ」

心配そうに治平次は応え、中に消えた。笠をかぶっているせいか、玄関前に近づく右善と藤次に気づかなかったようだ。気づいたが単なる往来人と思ったのかもしれない。さっきも手拭を頭に小走りに駈けて行く女とすれ違ったのだ。

右善と藤次は笠の前を上げてうなずきを交わし、藤次が玄関の腰高障子を勢いよく開け、

「おう、いきなりですまねえ。上がらせてもらうぜ」

言うと、右善が草履を脱ぎ、つかつかと板敷きに上がって廊下を奥に向かい、藤次

がそれにつづいた。

「――相手は博奕打ちだ、かまうことはねえ」

「――そのとおりで」

療治処の離れを出るとき、二人はそう話し合ったのだ。まるで打込みだが、人は不意を突かれれば、思わず本性を見せることがある。それを期待しての策だった。二人の手際はよい。いずれもその道の熟達者で場数も踏んでいる。土足で踏込まないのが本物の打込みと異なっていたが、右善の手には苦無が握られ、藤次の手には十手があった。

「だ、誰でえ」

幾兵衛が部屋の中で慌てたような声を上げたとき、すでに右善の手は障子の桟《さん》にかかっていた。中の二人は箱火鉢を横にあぐらを組んでいる。

開けた。

「おおっ、旦那！」

「これはっ」

幾兵衛が中腰になり、治平次が膝の上に載せていたものに、地味だが花柄模様の布を素早くかぶせたのが同時だった。

幾兵衛が藤次の手を見て、

「親分もご一緒で⁉　そ、それはっ」

中腰のまま言った。

(家捜《やさが》し？　なんでそんなことを！)

二人はとっさに思ったことだろう。

右善は治平次の言った〝大事《でぇじ》なもの〟を藤次に話し、それを探るためだった。

治平次は慌てて膝を花柄模様の布でおおったが、瞬時に隠せるものではない。藤次もそれを目にした。

右善は、

「ほう。珍しい物を持ってるじゃねえか」

言いながら腰を下ろし、布でおおわれた治平次の膝の上を苦無で軽く叩いた。

──カチン
金属音がする。

「こいつぁ、予想外だったなあ」

藤次も言い、畳に腰を下ろした。

幾兵衛も仕方なさそうに腰をもとに戻した。

右善は座ったまま、部屋の中を見まわした。煤払いのあとで、部屋は小ぎれいにかたづいている。天井板の隅が一枚、開いていた。

「あんなところに隠していやがったのかい」

「旦那。ご存じだったので？」

問いは幾兵衛だった。落ち着いた口調になっていた。右善も藤次も苦無や十手を手にしているが、畳に座りこみ打込みの構えではない。

右善は応えた。

「ここに一度でも来りゃあ、おめえらがなにか隠していることくらい気がつかあ。しかしそれが、そんな物騒な物とは思わなかったぜ」

横で藤次もうなずいている。

「へえ」

と、治平次はあきらめたように花柄模様の布を取り払った。

鉄砲である。

「どれ」

と、右善は手に取った。火縄はついていないがずしりと重い。鉄砲など右善は奉行所の稽古で、一度撃ったことがあるのみだった。藤次は、

「あっしなんざ、さわるのも初めてでさあ」

と、珍しそうに両手で持ち、その持ち方でつい筒先が治平次のほうへ向いた。

「おっと、いけやせんや親分。弾は入《へえ》っちゃおりやせんが、人に向けちゃ」

すかさず治平次は言い、手で防ぐ仕草をした。

（こやつ、扱い慣れている）

右善は見抜いた。冗談でも筒先を人に向けてならないのは、鉄砲を扱うときの第一の作法なのだ。

「弾や玉薬《たまぐすり》は？」

「あそこに」

右善の問いに、治平次は視線を天井板の隅に向けた。天井裏に置いてあるようだ。

ということは、その気になれば、……いつでも使える。

この二人も白河の産とするなら、江戸へは奥州街道であり、利根川《とねがわ》に近い栗橋《くりはし》宿《しゆく》には関所がある。東海道の箱根の関所と同様、入鉄砲《いりでっぽう》に出女《でおんな》には厳しい。それを冒《おか》して江戸へ持ちこんだ……。

（なにゆえ）

ここで訊いても、答えの得られないことは解《わか》っている。

右善は考えた。四人はいま、箱火鉢を囲んであぐら居になっている。雰囲気はなごやかに見える。

「鉄砲はともかくだ、実はなあ、雪のちらつきはじめたなか、わざわざ来たのはほかでもねえ……」

と、きょうの本来の目的をさきにすませることにした。

幾兵衛と治平次は、ホッとした表情になり、右善を凝視した。

「きょう朝早くだ、この藤次が知らせてくれてなあ。小伝馬町の牢内で、六郎太が殺されたぜ。毒殺らしい」

「げぇっ」

「だ、誰に⁉」

幾兵衛と治平次は、とっさに箱火鉢の上に身をせり出した。

この反応を、右善と藤次は見たかったのだ。

(六郎太の〝毒殺〟に、この二人は係り合っていねえ)

反応は、それを示すものだった。

右善は二人の問いに返した。

「誰が……?。そんなこと、儂が知るかい。おめえら、見当はつかねえかい」

「ううっ」

「うーむむっ」

二人は顔を見合わせた。この二人がいま呑みこんだ言葉に、右善も藤次も察しはついた。

――松平の手の者
である。二人は明らかにうろたえ、かつ緊張した表情になっている。

右善は治平次の膝の上にある鉄砲に視線を向け、問いを入れた。

「まあ、おめえらも関心ありそうだから、ちょいと知らせてやろうと思ったまでだ。だがよ、そんなのが出て来たとあっちゃ、このまま帰るわけ《けえ》にはいかねえ。おめえらの身状《みじょう》を聞かざなるめえ。おめえら、松平と係り合いがねえとは言わせねえ。ずっと松平屋敷の動きを気にしてやがったからなあ。いまもだ。ええ、どうなんだい。おめえら二人、白河藩の鉄砲組の足軽でもやってて、なにか失策《しくじ》っておん出されたかい。それとも遁走《とんずら》こいたのかい」

「…………」

「どうなんでえ」

無言の二人に藤次が十手で手の平をピシャピシャと打ち、返答をうながした。右善には賭場の現場を見られており、いまは鉄砲まで見られたのだ。しかも藤次は十手を手にしている。この場で自身番に引き挙げられてもおかしくはない。

二人は顔を見合わせ、うなずきを交わした。

幾兵衛が言った。

「へえ、話しやす。あっしはご推察のとおり、白河のご城下で丁半の与太をやっておりやした。よくある話で、喰いつめてお江戸へ……とまあ、そういうことでござんす。さあ、おめえも」

治平次が幾兵衛にうながされ、身状を語った。

「あっしも在所は白河で、その一帯を縄張にマタギをやっておりやして、山を下りたときにゃ、幾《いく》の兄イの賭場でいつも遊ばしてもらっておりやした。そんなことで、やっぱりあっしも喰いつめて……」

「それで二人そろって出て来たってわけかい」

「へえ。まあ、そのようなもので」

藤次が言ったのへ幾兵衛が返し、右善はさらに質《ただ》した。

「鉄砲を持ってかい。よく栗橋の関所が抜けられたなあ」

「そ、それはもう。ちょいと、へえ」

治平次が口ごもり、首をすぼめた。関所抜けをしたのだろう。マタギなら山中は自在だろう。川も慣れていようか。だが、露顕《ばれ》れば重罪である。右善は、敢《あ》えてそこは突かなかった。

二人は佐久間町での賭場を見逃してもらっている。こたびも脈ありとみたか、治平次はつづけた。

「侍《さむれえ》は、刀は魂《たましい》などと言っておりやすが、マタギにとっちゃ、鉄砲は命《いのち》でございまさあ。少々の無理をしてでも、命は手放せやせんや。それで……」

「江戸まで持ちこみ、天井裏に隠してたってわけかい」

藤次が言った。

「へえ、まあ。ですが、これでどうしようってわけじゃござんせん。ただ、お侍さんが、刀を床の間に飾り置いているのとおんなじで……へえ」

右善は言った。

「おめえらにとっちゃ、天井裏が武家の床の間になろうかのう。まあ、気をつけることだ。きょうは小伝馬町の件で、おめえらに心あたりはねえかと訊きに来たまでだ」

「滅相もありやせん。そんなご牢内で、毒殺なんて器用なこと」

「だろうなあ。さあ、藤次。帰《けえ》ろうかい」

「へい」

藤次は応じ、十手をふところにしまった。

外はまだ細雪《ささめゆき》が降っている。

「積もらなきゃいいんでやすが」

言ったのは、外まで見送りに出た幾兵衛だった。今宵また、いずれかで丁半を開帳する予定でもあるのだろう。

玄関前で幾兵衛と治平次は細雪を肩に受けながら、笠をかぶった右善と藤次に、ふかぶかと頭を下げた。世辞ではない。心底から下げていることを、右善も藤次も感じていた。

雪のせいか、湯島の通りは人通りがめっきり少なくなっている。

歩を進めながら、藤次は言った。

「いいんですかい、あれで。鉄砲ですぜ」

「なあに、急ぐことはねえ。やつら、なにか企《たくら》んでいやがる。聞いたかい」

「なにをでやす」

「あの二人、町場にくすぶってる与太なんかじゃねえ。幾兵衛め〝毒殺なんて器用なこと〟などと言いおった。治平次がマタギだったというのはほんとうだろう。それなら、鉄砲を撃つのは器用でもなんでもねえ。容易にできることだ。あの鉄砲、けっこう使いこんで、手入れもゆきとどいていたからなあ」

「えっ。そんなら、これからに備えて！」

　思わず藤次は声を上げた。

　右善は返した。

「わからねえ。儂はお縄より、やつらがなにを企んでいやがるのか、そのほうに興味が湧いてきたぜ。興味深《ぶけ》えのは、まだある」

「なんでいまごろ、あんなのをわざわざ天井裏から引っぱり出していたかってことですかい」

「それもある。まあ、手入れの具合でも確かめていたのだろうよ。それよりもなあ、あれを包んでいた布よ」

「ああ。地味な花柄の、くたびれたあれですかい」

「そうさ。ありゃあ女の着物の切れ端だぜ」

「そういえば」

「そこにも興味が湧く。女の着物に鉄砲……そのわけのわからねえところがなあ」

「へえ」

細雪のなか、二人の足は療治処の脇道に入っていた。地面はかなり湿っているが、白くおおわれているほどではなかった。

帰ると、離れに色川矢一郎が来て待っていた。

手あぶりに炭火が入り、部屋はあたたかかった。留造が用意してくれたのだろう。お茶の用意もしてあった。

色川は帰って来た二人に言った。職人姿である。

「六郎太の処置が決まりやした」

「ほう。いかように」

「奉行所では、病死……と」

「えっ。ありゃあどう見たって、毒物による殺しですぜ」

藤次はつい大きな声になった。

いま三人は炭火の燃える手あぶりを囲み、鼎座《ていざ》になっている。

右善は藤次を諭《さと》すように、落ち着いた口調で言った。

「ふふふ。正直に毒殺などと言ってみろい。背景は松平だぜ。牢屋敷も奉行所も、ひっくり返《けえ》るほどの大騒ぎにならあ。善之助と松村はどうしてる」

「これで両国の賭場の件は落着となり、善之助どのは与力どのの差配で奉行所に戻されやした。松村どのは、鬼三次の詮議でまだ牢屋敷の穿鑿所に」

「ほう。結局、そうなったかい」

無念そうに言う色川に、右善は得心したようにうなずき、さっき幾兵衛たちのねぐらに行っていたことを話した。鉄砲の話が中心となった。

色川も驚き、低い声で言った。

「この事件、まだ終わっちゃおりやせんねえ」

「そうさ」

右善は返し、藤次もうなずいた。

四　屋根上の鉄砲

一

離れで色川矢一郎は鉄砲の話を聞かされて驚き、そのあと三人で話しこみ、まだ降りつづく細雪のなかを、藤次と一緒に療治処の笠をかぶって帰った。

色川はほかの役務があり、藤次は善之助に治平次の鉄砲の件を報告しておかねばならない。

二人が帰るとき右善は、

「かまえて鉄砲の件、われらだけの事に」

念を押した。

色川はうなずき、藤次は、

「心得ておりやす。善之助旦那にだけ報《しら》せ、笠を返しにまた戻って来まさあ」
と、きょうから右善の岡っ引になっているのだ。

まだ降りつづいている。こんな日、療治処は暇になるのだが、待合部屋がにぎやかになったのは、迎えの者が傘を持って来て、そのまま上がりこんで世間話に興じているからだった。

それらもいなくなったのは、陽の高さで時刻をみることはできないが、午《ひる》にはまだ間のある時分だった。

午後の往診は休みにしたが、
「是非、診《み》ておきたいので」
と、昼餉のあと竜尾は高下駄に傘をさして出かけた。産み月の妊婦のいる商家で、薬籠持はお定がついた。妊婦は湯島三丁目で梅野屋に近い履物屋福八《ふくはち》の嫁だった。あと二軒ほど、こんな日だから診なければと竜尾は言っていたが、往診を受けた患家では、患者も家族も恐縮し感激することだろう。

冠木門が半分閉じられ、縁側の雨戸も療治部屋のところだけ開け、あとは閉めている。

(さて、藤次はああ言っていたが、この雪だ。戻って来るかのう)

炭火のじゅうぶんに入った療治部屋で右善は独《ひと》り、葛根湯《かっこんとう》を煎じていた。一段と冷えこんだあと、風邪を引く者が大勢出るのだ。療治部屋は薬缶から湯気が立ち暖かいのに、例によって留造は奥に引きこもって出て来ない。

いま、右善の脳裡は鍼よりも、

(あの者ら、いってえ……)

と、幾兵衛と治平次の件で占められている。

(こんな湿った日、鉄砲は撃てまい)

思ったとき、それが胸中に安堵感を誘った。

ならば、さらに安堵できるのは、藤次の十手にモノを言わせ鉄砲を取り上げるか、賭場開帳の咎《とが》で番屋に引き挙げればよい。だがそれでは、鉄砲の目的も松平との係り合いも、

「判《わか》らないままに終わってしまうわい」

葛根湯を調合しながら、低くつぶやいたすぐあとだった。

(えっ、もうお帰り？　早いなあ)

と、右善は腰を上げた。庭に人の気配を感じたのだ。

声が聞こえた。

「おっ、雨戸が半分開いてらあ。こっちかな」

治平次だ。幾兵衛も一緒のようだ。

右善は腰を上げ、

「おう。ご推察どおり、こっちだ。朝方、会ったばっかりじゃねえか。ともかくそこじゃなんだ。上がれ」

と、障子を開けた。外の寒気が、待っていたように中へ入って来る。

二人とも笠をかぶり、蓑《みの》まで着けている。

幾兵衛が、

「え、よろしいんで？　離れじゃなくて」

「ああ、向こうは火が入っとらんでなあ」

右善は返した。いまなら療治部屋に上げてもいいだろう。

二人は下駄と蓑を縁側に置き、

「ふーっ、あったけえ」

「極楽だあ」

療治部屋に入り、右善にうながされ腰を下ろした。治平次は蓑の下に熊の毛皮を着こんでいた。

幾兵衛が部屋の中を見まわし、

「ここに入《へえ》らせてもらうのは初めてでやすが、さすが、灸の香が染みついていやすねえ」

「ほんとほんと。いい匂いですぜ」

治平次も満足そうに言った。

声でわかるのだろう。来たのが遊び人の幾兵衛に治平次とあっては、留造にお茶を出すようすはなかった。

(ふふふ)

右善はかえってそれをほほえましく思い、

「けさがた儂《わし》のほうから訪ねたばかりじゃねえか。こんな雪のなかをわざわざ二人そろって来るなんざ、なにか、のっぴきならねえことでもあったかい」

「へえ、そのことなんでやすが」

「ふむ」

幾兵衛が真剣な表情になり、右善は聞く姿勢になった。

幾兵衛は、となりの待合部屋に人がいないのを確かめるように視線をながし、声をひそめた。

「旦那。これから、どうなさいやす。きょうは、このめえ賭場でご注意をいただいたときと違い、岡っ引の親分がご一緒でやした。しかも十手までお持ちで。ドキリといたしやしたぜ」

治平次も真剣な表情で、右善を見つめている。

「ああ、あれかい。牢内での殺しを探索するためだ」

「あっしらにできるわけありやせんぜ。あっしらも聞いて驚いたんでやすから」

思わずといったようすで治平次が喙《くち》を容《い》れた。

右善は返した。

「考えてみりゃあそのとおりで、考えなくても、おめえらにできるわけがねえ。それよりもさっき幾兵衛が〝どうなさいやす〟などと言ったのは、あの物騒な天井裏の隠し物のことかい」

「へ、へえ」

幾兵衛はうなずき、治平次はさらに右善を凝視した。療治部屋には、炭火と湯気の暖かさに反し、にわかに緊張の糸が張られた。

おもむろに右善は言った。

「岡っ引の藤次も、ここへときおり来る隠密廻りも、入り鉄砲に出女を取締る関所のまわし者じゃねえ。言っちゃあなんだが、松平さまのご時勢になって、奉行所の仕事が増える一方だ。だから奉行所じゃ余計な面倒を背負《しょ》いこむようなことにゃ手を出さねえ。もちろん、儂もだ」

「そう、そう願いてえ。あの鉄砲はあくまで、お侍が刀を床の間に飾るようなもんで、マタギの命として身近に置いているだけなんでさあ。あれでなにをどうこうしようってんじゃござんせん」

「だったら天井から降ろしてくるねえ。不用心だぜ。おめえらの、このめえのご開帳みてえによ。きょうもこれから、これかい。こんな日によ」

右善は手で盆茣蓙《ぼんござ》の壺《つぼ》を開ける仕草をした。

「い、いえ。決して、そんな」

と、幾兵衛。

右善はつづけた。

「ふふふ。おめえらのふところから提灯がのぞいてるぜ。帰《けえ》りは遅くなるんだろう。このご時世だ。せいぜい気をつけるんだな」

「へ、へえ」

と、また幾兵衛。これからご開帳に行くことを、白状したようなものである。

(こいつら、物騒だがかわいいとこあるぜ)

内心、思えてくる。それに提灯が見えていなくても、雨や雪の日など、お上《かみ》の手入れはないだろうと、逆に賭場には客が集まるものである。それを右善はよく知っているのだ。

二人とも長居はしなかった。やはりこれから、もぐりの胴元としていずれかでまた賭場を開帳するのだろう。

幾兵衛はさきほどの戸惑いはなくなったか、帰りしな言ったものである。

「旦那。ここがあったけえからというんじゃねえんですが、旦那とはゆっくり話がしてえもんで」

横で治平次がうなずいていた。

「ふむ」

右善は肯是《こうぜ》のうなずきを返し、縁側まで出て二人を見送った。

細雪だがまだ熄《や》まず、地面は白くなり地肌の見えるところはなくなっている。

「もうお帰りかね。あの人ら」

と、留造が療治部屋に顔を出し、二人の帰ったのを確認するとすぐまた奥に引きこもった。

竜尾とお定が肩をすぼめ、往診から帰って来たのは、そのあとすぐだった。福八の嫁は、まだ緊迫した状態ではなかったようだ。

「きょうあすでも、おかしくはないのですがねえ。留造さん、おもての門扉《もんぴ》は閉めても、しばらく潜り戸は開くようにしておいてくださいな」

竜尾は言った。福八からいつ遣《つか》いの者が駈けこんで来るかわからない。町内に産み月の女がいるとき、竜尾の療治処はいつもそうしている。

早めの夕餉の座で、幾兵衛と治平次の来たことが話題になったが、すでに熱燗の出た夕餉の座に一度来ており、留造にもお定にも二人に対する嫌悪感が薄らいでいるのが、右善にはありがたかった。

右善が夕餉を終え、離れに戻ったとき、雪のせいか外はまだ明るかった。

手あぶりの炭火が、部屋に暖をもたらしはじめた。

二

待っている。

藤次である。鉄砲の件を善之助に伝えるだけなら、もうとっくに戻って来ているはずである。幾兵衛たちが来ているとき、そこへ来ないかと心配したほどだったのだ。

外は暗くなった。

（この雪だ。あしたか）

思ったが念のため雨戸は閉めず、部屋に灯りも点《つ》けておいた。手あぶりの炭火も燃えている。

来た。玄関口の腰高障子の開く音とともに、

「へへ、おもての潜り戸、開けてくださっていたのでやすね。ハアックション」

狭い玄関の土間に立ち、笠の雪を払いながら言う。潜り戸を開けておいた恩恵に与《あずか》ったのは、藤次だった。

足元を見ると、湿るというより濡れている。

「おう、すまねえ。すぐ用意するから」

「いえ、大旦那。手拭《てぬぐい》で拭きゃあすみやすから」

恐縮する藤次を玄関に残し、右善は裏庭から母屋に走った。雪が小降りになっているのはさいわいだった。

三丁目の福八の嫁にそなえてか、竜尾たちはまだ起きており、大きな鍋に沸かした湯もあった。足洗いの桶に湯を張り、留造が手伝いすぐ離れに運ぶことができた。

「これは、これは。ハアックション。ふー、生き返《けえ》ったみてえでやすよ」

藤次は足袋《たび》を脱いだ足を湯につけ、実際に生き返ったような表情になっている。

足元の悪い日、どの家でも玄関に足洗いの盥《たらい》や桶を用意しておくのは、必要な作法なのだ。冬場は湯を入れれば、来訪者にいっそうよろこばれる。

炭火の煌々《こうこう》と燃える手あぶりをはさみ、

「遅かったじゃねえか。あしたでもよかったんだぜ」

「いえ、それがわけありで」

と、ようやく右善と藤次はあぐらを組んだ。

「わけあり？」

「そうなんで。お奉行所を出たのは、まだ明るい時分だったんでさあ」

藤次は語りはじめた。

神田の大通りを抜け、筋違御門の石垣に入ろうとしたときだった。石垣から蓑に笠を着けた男が二人、肩をならべて出て来た。さすがは岡っ引で、顔は見えなくても幾兵衛と治平次であることがすぐにわかった。雪を避けるように、

「石垣の陰に身を隠し、あとを尾《つ》けやした」

「ふむ」

右善はうなずいた。幾兵衛と治平次が療治処を出たすぐあとのようだ。二人は二丁目のねぐらには戻らず、その足で筋違御門の橋を渡り、内神田に向かった。

二人の行き先は、江戸城外濠《そとぼり》の神田橋御門外の武家地だった。筋違御門からそう遠くはない。

「そこにならぶ武家屋敷の一つに入って行きやした。裏手の勝手口の板戸を野郎たちが叩くとすぐに開き、二人ともさっと中に消えやした」

「なるほど」

と、そこまで聞くと右善はおよそを察した。

四、五百石取りで裏庭に奉公人の長屋をそなえた武家屋敷では、中間《ちゅうげん》部屋を賭場に貸している例がときおりある。仕切るのは町場の胴元《どうもと》だが、手伝う中間たちもいい小遣い稼ぎになり、なにより屋敷にはけっこうなテラ銭が入る。しかもそこが武家屋

敷となれば、町方の手は及ばず、客も安心して遊べるというものである。右善もかつて、手証《てしょう》をつかみながら踏み込めない悔しさを、幾度か味わったものである。もちろん藤次もいま、悔しそうな口調になっている。

留造が離れに来た。湯気の立つ薬缶を提げている。

「藤次親分、さっきからくしゃみばかりしていなさるで、お師匠に話しましたじゃ。それならこれを持って行け、と。感染《うつ》ったらいかんから、右善の旦那も飲んでおきなされ、と。葛根湯でさあ」

留造はお定とともに療治処の下働きをしはじめてから、すでに十年になる。さすがに門前の小僧で、風邪の症状なら初期でも診立てられる。さきほど足洗いの桶を運んだとき、気づいて竜尾に話したのだろう。

「ありがてえ。俺もさっきから寒気《さむけ》がしてよ。どうもおかしいと思ってたのよ」

「おう。飲め、飲め。儂も飲んでおくぞ」

と、右善はさっそく薬缶から湯飲みに葛根湯をそそいだ。昼間、右善自身が調合したものである。

「あとでまた来ますじゃ」

と、留造が母屋に引き揚げ、話は再開された。

「矢島《やじま》さまというお旗本で、表門は道一筋で町場に面し、白壁の路地を入《へえ》ったところに勝手門がありやして。客が人に見られずに入るにも、町家の陰から路地に入る者を見張るにも、持って来いのつくりで」

「おめえのことだ。それで遅くなって、風邪を背負《しょ》いこんだかい」

「あったけえものを摂《と》ろうと、屋台のそばを三杯も手繰《たぐ》りやしたよ」

「ふむ」

右善はうなずいた。賭場があれば、その近くには屋台のそば屋が立つ。丁半を張るのは神経戦であり、腹が減る。賭場の客にとって、外に出ればそば屋がいる。ありがたいことである。岡っ引の聞き込みも、そこはうわさの埋まっている場となる。そのことに右善はうなずいたのだ。

藤次は語った。

「矢島さまというのは、おっと、こんなのはどうでもいいことで」

そのとおりである。矢島家の役職を知ったところで、町方ではどうすることもできないのだ。

「胴元はやはり、矢島屋敷にどう喰いこんだのか知りやせんが、幾兵衛と治平次でやした」

「ふむ」

「三日目ごとに、決まってやっていやがるそうで」

うまいやり方である。定期的に日を決めておけば、開帳のたびに常連客に触れてまわる必要がない。だがそれをやるには、かなりの手管《てくだ》と信用が必要である。無防備だった佐久間町の賭場は、その日限りのものだったのかもしれない。

藤次の話はつづいた。

「両国の料亭の賭場もその口で、胴元は幾兵衛たちじゃござんせんでしたが、あっしが手証を得て善之助旦那が踏込みなさったので。ま、それはともかく、両国の町場の賭場にも次郎太や六郎太みてえな大名家の足軽が来ていたように、そこが武家屋敷となれば、歴《れき》とした武士から足軽、中間などが客になっており、もちろん町場の旦那衆や番頭、手代などもいるそうで。雪のなかを暗くなりかけたころ、実際そんなのが一人、また一人と白壁の路地へ入《へえ》って行きやした」

「おめえ、中に入らなかったろうなあ」

「滅相もござんせん。胴元は幾兵衛に治平次ですぜ。外でそばを手繰りながら、聞き込みを入れただけでさあ」

「もっともだ。面《めん》は割れているうえに、武家屋敷だしなあ。したが、武士に中間までいるとなれば、柳営の動きはともかく、大名や旗本の寺社参りなどにお供をしてどうのこうのと、そんなことも話題になるだろうなあ」

右善は言い、真剣な表情でさらに声を低めた。

「幾兵衛と治平次め、それが目的だったのかもしれねえぞ」

「考えられやす。そこまで賭場を開帳できるのなら、やつら一家を張ってもおかしくござんせん。それをやらずに、どうやら壺振りなどは雇っているらしいが、仕切りは二人で、手足になる若い衆を集めるようすもござんせん」

「ふむ、それはわかる。二丁目のあのねぐらを見ればなあ」

右善は首をひねり、藤次も、

「ますますあいつら、解《げ》せなくなりやした。鉄砲も持っていやしたし」

「そのとおりだ」

右善が言ったとき、玄関口にまた留造の声が立った。

「へい。これもお師匠が持って行け、と」

「うひょー。ありがてえ」

玄関口に出た藤次は声を上げた。留造は玉子酒の用意を載せた盆を、両手で支えていた。さらに言った。

「雪は熄《や》みやしたが、けえってこれから冷えこみやす。今宵はこれを飲み、部屋はあたたかくし、外に出なさらねえほうがよろしかろう、と」

右善が部屋から声を投げた。

「おう、師匠に心得たと言っておいてくれ。蒲団もそろっているしなあ。藤次は今宵ここに泊まりだ」

「そうなりそうで」

うなずいた藤次に留造は、

「ならば、これを」

と、腰に提げていた袋を玄関の板敷きに置いた。炭が入っている。

竜尾はここ数日の右善の動きを気遣い、心配しているようだ。

離れの話は玉子酒が入り、さらに進んだ。

雪はすでに熄んでいるようだ。

藤次は言う。

「あのあたりを縄張にしている同業とは懇意にしておりやす。あしたにでも善之助旦那にお願いし、向こうさんの旦那に話をつけてもらい、なにか幾兵衛と治平次について、探り出していることはねえか訊いてみまさあ」

「ふむ、そうしてくれ。あの二人についてならどんなことでもいい。ともかく知りたい。鉄砲を持って関所など、見つかりゃあ死罪だ。それを冒《おか》してまで江戸に入《へえ》りやがった。それを包んでいたのが、女物の着物というのも気になる。花柄で人の目をごまかそうなど、そんな見えすいた理由からじゃあるめえ」

「それも踏まえ、二人のまわりに女の影がないかも探ってみやしょう」

「頼むぞ」

気がつけば、部屋が暖かいのと葛根湯が効いたのか、藤次のくしゃみは収まっていた。それに玉子酒の酔いもまわってきたようだ。二人とも酒は好きでも、強いほうではない。

三

翌朝、

「おおう」

と、右善と藤次は身づくろいをし、水桶と手拭を手に外へ出るなり、両手を広げ大きく冷気を吸った。陽光を真新しく感じるのは、あたりが白一色におおわれているせいだろう。

藤次と一緒に、裏庭の井戸端へ足跡をつけた。

竜尾が顔を洗い清めたところだった。

台所から味噌汁の香がただよっている。

「あら、藤次さん、もう大丈夫ですか」

竜尾の第一声は、風邪を引きかけていた藤次への気遣いだった。

「へい、このとおり」

若者のように藤次は、片方の腕に力こぶを入れるように曲げて見せた。暖かい部屋に葛根湯、それに玉子酒にじゅうぶんな睡眠がなかったなら、いまごろ藤次は離れで高熱を発し、右善にも感染していたかもしれない。

朝餉のあと、

「それじゃ、あっしは地面がぬかるまねえうちに、善之助旦那のところへ」

藤次は出向いたというより出かけた。いまは右善についているのだ。

「昨夜のこと、色川にもな」

「へいっ」

留造の開けた冠木門を出るとき、言った右善に藤次は返した。

いまは雪化粧が陽光に輝いているが、午前《ひるまえ》にはぬかるみとなっているだろう。

療治部屋にも待合部屋にも炭火が入り、療治部屋の薬缶が湯気を噴きはじめた。留造が湯を入れた足洗いの桶を、踏み石の上に出したばかりだった。

そこへ、

「お師匠、診てくだせえ。ゴホン」

「朝起きると、どうもだるうて頭も痛《いて》えし」

と、きょうの朝一番の患者は、なんと幾兵衛と治平次だった。

二人とも褞袍《どてら》を引っかけ、見るからに風邪を引いたようすである。

驚いて縁側に出た右善は思わず言った。

「なんだ、おめえらも引きやがったかい」

原因はわかっている。昨夜、帰りには雪は熄《や》んでいたはずである。それでかえって不用心になり、つい一杯引っかけて冷える雪道を歩き、風の邪気を体内に引きこんでしまい、ねぐらに帰ってからも養生せず、こじらせてしまったのだろう。右善は胸中に嗤《わら》った。藤次と違い、未病《みびょう》への対策がなっていなかったようだ。

「へえ、まあ。ゴホン」

「おぉ。あったけえ、この足洗い。ゴホン」

「さあ。早うこちらへ」

ホッとしたように言う幾兵衛と治平次を、竜尾は療治部屋へ招じ入れた。咳《せき》をし、熱もあるようだ。

風邪の患者を待合部屋に入れたのでは、他の患者にうつすことになる。二人がきょう朝一番の患者だったのはさいわいだった。

(昨夜、藤次の来たことは内密に)

右善は竜尾に目で言った。さきほど二人に思わず〝おめえらも〟と言ったことにハッとしたものだが、さいわい二人ともそこに感じるものはなにもなかったようだ。この時期、風邪を引く者は多いのだ。

竜尾はうなずき、

「二人ともそこへ座りなされ」

と、まず問診で一応の証《しょう》を立て、うなずいた。

「あはは」

右善は嗤いを声に出した。診立てが当たっていたのだ。竜尾のうなずきは、昨夜の藤次に似た症状だったのを、不摂生《ふせっせい》でこじらせてしまったことを示していた。

「さあ、肩を出しなされ」

竜尾は命じるように言い、

「鍼を打つまでもありません。右善どの、風門《ふうもん》と中府《ちゅうふ》に灸を」

「心得た。さあ、おめえたちにゃ、とくに効くのを据えてやるからなあ」

「ええっ、旦那。お手やわらかに」

「鍼、鍼のほうが」

二人は怯《おび》えた顔になった。右善の灸の腕は聞いているが、〃とくに効くのを〃への言葉に、敏感に反応したのだ。

風門は背にある経穴《つぼ》で、風邪は風の邪気がここから入ったものとみられている。中府は胸で風門とおなじあたりにある。咳や息苦しさを鎮《しず》める経穴である。ここに据える灸はとくにこたえる。

「ひーっ、寒い」

と、二人はもろ肌を脱ぎ、

「うーん。さすがは山中をかけめぐったマタギだなあ」

と、右善はうなった。治平次の筋肉質の体軀《たいく》である。幾兵衛もなかなかのもので、

（こやつ、白河の在所じゃ丁半の与太をやっていたと言ってやがったが、剣術の心得がありそうな体つきだ……？）

思えた。

あとは二人とも、うつ伏せになったりあお向けになったりで、

「あちちちっ、旦那！　手加減をっ」

「うーんぐぐ。これしき！」

悲鳴やうめき声を上げていた。実際に右善は、通常より大きな灸を据えていた。

庭に権三と助八のかけ声が聞こえ、待合部屋にも患者が入った。うめき声で、いま灸を受けているのが誰かわかったのだろう。権三が庭から声を投げた。

「あははは、風邪でも引きやがったかい。ざまあねえぜ」

「てやんでえ、駕籠野郎っ。うぐぐぐっ」

幾兵衛がうめき声とともに返した。

「権三さんも助八さんも、つぎの患者さんがお待ちでしょう」

部屋の中から、竜尾の声である。

「へいっ」

権三と助八はふたたびかけ声とともに、つぎの患者を迎えに冠木門を出た。道は早くも雪化粧が泥化粧となり、ぬかるんでいる。こうした日、三八駕籠は大忙しである。

二人とも足袋跣《たびはだし》で駕籠を担いでいる。

療治部屋の中では、

「さあ、終わったぞ」

右善が幾兵衛と治平次の背をピシャリと叩いた。

「へえ」

と、身づくろいをした二人は、

「おっ、咳が治ってらあ」

「頭の痛いのも引いたみてえだ」

衝立《ついたて》の向こうで、肩こりの婆さんが竜尾の鍼を受けている。

「なんだねえ、おまえさんたち。大の男がひーひーうめき声を上げて」

「うるせえっ、ほんとに熱かったのよ」

治平次がやり返した。

二人の顔は満足そうだった。

竜尾は右善に言って二人に、徳利《とっくり》に入れた葛根湯と熱さましの薬湯を持たせ、

「あなたがた、これで治ったわけではありませんからね。症状を抑えているだけですから。きょうあすはどこにも出かけず、部屋を暖かくして、おとなしく寝ているのです。とくに夜更けてからの外出は厳禁です。飲みたければ玉子酒にしなさい」

「それならできまさあ。さっそく、きょうから」

「二日間、寝ていたら、完治しやすかい」

「できますか。ならば、きっと治ります」

「ほんとですかい」

「やりまさあ、なあ」

二人は交互に言って顔を見合わせ、さらにうなずきを交わした。

「さあ、患者がつかえている。わかったらそれを持って早う帰《けえ》れ。治ったと思っても、ちゃんと飲むんだぞ」

「へえ」

「そりゃあ、もう」

葛根湯と熱さましの徳利を大事そうに一本ずつ腹に抱え、ぬかるんでいる庭に下りる二人を、右善は縁側に出て見送った。

「ひーっ、つめてえ」

「帰ったら、すぐあったためようぜ」

言いながら二人の背が冠木門の外に消えると、

（みょうだ）

右善は縁側に立ったまま、首をかしげた。

朝一番に飛びこんで来たのは応急処置のつもりで、今宵またいずれかで丁半かと思ったのだ。だが、違っていたようだ。

(二日間おとなしく寝ている？　できるのか、やつらに)

思ったとき、

(そうか)

気づいた。昨夜、藤次が言っていた。

「——三日目ごとに、やっていやがるそうで」

神田御門外の矢島屋敷の賭場である。きのう十六日に開帳している。

(ということは、つぎは十九日か。きょうあす養生し、矢島屋敷にそなえようというわけか。それにしても、ふふふ。あいつらめ、二日間寝て過ごすことを〝さっそく、きょうから〟とか〝やりまさあ〟などと大げさな)

右善は口元をほころばせた。

「右善どの。早う戻って、そこを閉めてくだされ」

「おっと、これは失礼」

竜尾に言われ、右善は部屋に入り障子を閉めた。

四

午後、そそぐ陽光に、地面はますますぬかるんできた。降っているときよりも始末が悪く、どの家も足洗いの桶や盥が欠かせない。それに湯も、しもやけを防ぐため、常に用意しておかねばならない。

「きょうも往診は心配なところだけにしましょう。こんな日に行けば、先方がかえって気を遣われましょうから」

竜尾は言い、まわる患家はきのうにつづき、少なくした。お定が薬籠持についたところから、きょうも三丁目の福八をまわるのだろう。こうも竜尾が気遣っているとは、難産が予想されているのかもしれない。

また母屋の屋根の下は、右善と留造の二人となったが、やはり留造は療治部屋に寄りつかなかった。

「痛くはないのだがなあ」

右善はつぶやき、手にした鍼をわきに、薬研を出し各種薬草の調合にかかった。

西の空に陽がかたむきかけたころ、

「おまえさん、お湯、お湯。もう足の感覚、なくなりそうだよう」

と、お定の声。竜尾が往診から帰って来たのだ。

そのすぐあとだった。

職人姿の色川矢一郎が来た。足洗いの桶に、さきほどの湯がそのまま使えたのがありがたかった。

離れの部屋で右善と色川は、炭火を入れたばかりの手あぶりを挟み、あぐら居になった。

「なにかあったかい。こんな足元の悪いときにわざわざ来るなんざ」

「まあ、雪は思ったほどでもなかったし、きょう一日、陽に照らされ、あしたもこの天気なら、どの家も午《ひる》には足洗いの桶は必要なくなりやしょう。それよりもきのうの夜、雪のなかを藤次がここへ来て、朝帰《けえ》ったそうでやすねえ。風邪気味だったのがここで養生させてもらい、すっかり治ったとよろこんでやした。神田御門外の矢島屋敷の件も聞きやしたよ。三日おきとかで、あいつらめ」

と、色川もいまいましそうに言う。ぬかるみのなかを来たというのに、切羽詰まった事態が起こったのでもなさそうだ。

右善もくつろぐように言った。

「幾兵衛に治平次め、おなじように風邪を背負いこみ、藤次とは逆にこじらせ、けさ早くここへ咳をしながら駈けこみやがっぞ、あははは」

「えっ。ははは、それはおもしれえ」

「それよりもおまえが来たのは、なにか話すことがあったのじゃねえのかい」

「ああ、そのことでさあ」

色川はようやく話しはじめた。部屋もいくらか暖かくなっている。

「あさって十九日午前、ご老中の松平定信さまが増上寺《ぞうじょうじ》へなにやらの祈願にご参詣なさることになりやして、善之助どのたち定町廻りが警備に動員されることになりやした。それで藤次もそれがすむまで、ここに詰めていることができなくなりやして。それをまあ、知らせに来たしだいで」

幾兵衛たちの話のながれで、伝法な口調のままだった。

「ほう、増上寺にご祈願かい。たぶん、一度はながれた博奕停止《ばくえきちょうじ》の令《れい》や、そのほかなんでもかんでも停止のご改革がうまく行くようにとの願かけだろう。藤次が矢島屋敷に探りを入れるのは、そのあとになりそうだなあ」

増上寺には、二代秀忠《ひでただ》公、六代家宣《いえのぶ》公、九代家重《いえしげ》公の霊廟《れいびょう》がある。定信も御三卿《ごさんきょう》の田安《たやす》家の出で、徳川一門の一人である。

言ってから右善は、

「ん？　あさって、十九日？」

思わずつぶやき、色川を見つめた。

「どうかなさいやしたか」

「あさってだ。幾兵衛と治平次が、風邪の治りをしきりに気にしていたのは。矢島屋敷での賭場の開帳を、気にしてのことばかりと思うておったが」

「そりゃあ、三日おきでやしょうから、つぎはあさってということになりやすねえ。それがなにか」

「やつらなあ、あさってには風邪が完治しているのを気にするというか、気にしかたが尋常ではなかった」

右善は真剣な表情で言い、幾兵衛と治平次が〝あさって〟の完治に、ことさら念を押していたことを語り、

「それに、幾兵衛のからだつきだ。やつは元武士かもしれねえ。それも、白河藩士」

「えっ」

色川は驚いた表情になり、

「あっ。そんなら右善さまは、やつら賭場があるからではなく、ほかになにかあって

〝あさって〟の完治を気にしていた、と。幾兵衛は元白河藩士で、白河藩松平家の横目付と出会うのをことさら避けていた……」

「そういうことだ。武家屋敷での賭場には、足軽や中間の出入りが多い。そこできのう、幾兵衛たちは松平さまの増上寺参詣を知った……。その矢先に風邪を引いてしまい、けさ早くここへ駈けこんだ……。におわねえか」

「うーむ。においやすぜ、右善さま」

かなり暖かくなった部屋に、にわかに緊張がみなぎりはじめた。

玄関口に留造の声が立った。

「旦那。お師匠が、色川さまにこちらで夕餉の膳を用意しやすから、と」

「おう。すまねえが、すぐ帰《けえ》ることになった」

「そういうことだ」

色川が応えたのへ右善はつないだ。

「へえ。そんなら、さように」

留造の気配が去った。

右善は言った。

「善之助は定町廻りだ。警護の準備からは、離れられねえだろう。だが藤次は矢島屋敷の探索にまわすよう言っておいてくれ。おまえもだ」

「へい、承知。あさって、矢島屋敷での丁半、急遽おながれになっていねえかどうかを探るんでやすね」

「そのとおりだ。儂はあした、直接やつらのねぐらへ見舞いに行ってみる。あした夕刻、またここへ来てくれ。このこと、善之助と藤次以外には、かまえて……」

「わかってまさあ。他言は無用」

言うと色川は腰を上げた。

「あ、ちょっと待っておれ」

右善は冠木門を出る色川に、

「おまえも風邪には気をつけろ。藤次の分もだ」

急遽用意した葛根湯の一升徳利を渡した。


翌日である。この日も朝から、地面に陽光が降りそそいでいた。午《ひる》すこし前だった。療治部屋に手がすいたのを見計らい、

「師匠、ちょいと幾兵衛たちを見舞って来る」

右善は言うと、竜尾の返答を待つまでもなく腰を上げた。

その動きに竜尾は、きのう色川が夕餉もとらず帰ったことも合わせ、なにごとかが動いているのを覚《さと》ったか、

「あらあら、足元には気をつけてくださいね」

と、こころよく送り出した。

右善は灸の用意だけをし、苦無は持たずに冠木門を出た。幾兵衛たちに警戒させないためである。

往還はまだ湿っているが、足洗いの桶はもう必要なさそうだ。

玄関も縁側も、雨戸は開いていた。

右善の不意の訪《おとな》いに、

「えっ、旦那ア」

「また、どうして」

と、二人とも驚いたようすだった。

例によって、右善は玄関から訪いの声だけ入れると、そのまま部屋までずかずかと上がって行ったのだ。

二人はそれぞれに掻巻をかぶって寝ていた。箱火鉢には新たな炭火が入っており、

部屋は暖かい。

驚きである。こうも竜尾の言いつけを守っているとは。玄関も縁側も雨戸が開いているのをみると、朝からずぼらをしてうだうだと播巻にくるまっていたのでないことがわかる。

——ともかくあしたまで、風邪を引きずっていちゃならねえ
その強い思いが感じられる。

「どうだい、風邪のほうは」

二人の枕元に右善は座りこんで言ったが、見ればもうその症状のないことはわかる。それでも二人は寝ている。怠《なま》けではない。

——完治させなきゃ
その意気込みが、播巻にくるまっている二人から感じられる。

ようやく二人は蒲団の上で上体を起こした。

「ああ、よいよい。そのままで」

「いやあ、旦那のお越しとあれば、起きねえわけにゃいきやせんや」

幾兵衛は言う。

「ふむ。咳もないようだし、これを持って来たんだが、必要ねえかなあ」

右善は言い、ふところから艾《もぐさ》の包みを取り出した。

「滅相もござんせん。もう咳は収まっていますあ」

「頭の痛いのもっ」

治平次が手の平を激しく振り、治平次は蒲団の上で腰をうしろへ退いた。きのうの灸が、よほどきいたとみえる。

「ふむ、ふむふむ。その必要はなさそうだなあ」

言いながら右善は部屋の中をさりげなく見まわした。女物の着物に包んだ鉄砲、それに玉薬と弾はまだ天井裏なのだろう。誰が来ても疑われないようにか、刀はなかった。だが匕首《あいくち》を二人ともふところに呑んでいるのは、佐久間町の賭場のときに看《み》て取っている。

「また咳が出たら、てめえらで据えねえ。経穴の場所はわかっているだろう」

右善は艾の包みを畳の上においた。二人ともホッとした表情になった。

「葛根湯はまだあるか」

「へえ。あと少しでやすが」

「熱さましはまだ半分くれえ」

二人は落ち着いた口調で交互に応えた。

右善は、

「ま、きょうは近くまで薬草をとどけに来たので、ついでに立ち寄ったまでだ。そうそう、午後にまた近くに来るで、持って来てやろう。徳利を寄こせ」

「いえ。なくなりゃあ、こっちから参《めえ》りやすので」

幾兵衛が葛根湯の徳利を蒲団の中へ引きこもうとするのを、

「遠慮するな」

ひったくるようにつかみ、

「それじゃ、午後、明るいうちにまた来るで」

腰を上げながら天井の隅に目をやった。治平次はその視線に気づき、

「へえ、ただ置いてあるだけで」

「わかっておる」

言ったのへ右善は返し、玄関で見送ろうとする二人に、

「そのままでよい。蒲団から出ず、じゅうぶん養生するのじゃ。きょう一日そうして過ごしゃあ、あしたの朝起きたときにゃ間違《まちげ》えなく完治しておるで」

「へえ」

「それなら」

二人は起こしかけた身を、蒲団の上に戻した。

「そうそう。おめえら、めしはどうしている。なんなら三丁目の梅野屋に寄って、なにか精のつくものをここへ運ぶよう頼んでおいてやろうか」

「いえ、旦那」

「そこまで」

二人は蒲団の上に端座した。

「なあに、これもことのついでだ」

と、右善は外に出た。

(ふふふ。あの二人め)

ほぼ完治していると診立てた。だが、心配そうに午後もう一度薬湯を持って来てやると言ったのは、もう一度偵察に来るためだった。

(それにしても、あしたがよほど大事なようだ)

思いながら三丁目の梅野屋に寄った。

店場に出ていた若旦那の惣太郎が、

「えっ、右善さまがあの二人の遣いで？　ならばあそこ、女房に任せず、わたしが御膳籠、持って参ります」

驚き、やはり遊び人への警戒は隠さなかった。

苦笑しながら右善は療治処に戻った。

二人の症状というより、ようすを竜尾に話すと、

「まあ！　そこまで言いつけを守っていましたか。あの二人、見かけに寄らず純情なんですねえ」

と、そのしおらしさに驚いていた。

五

午後はきょうもお定が薬籠持についた。履物屋福八の嫁が、よほど気がかりのようだ。

留造が母屋で連日、右善と二人になるのが恐ろしいのか、

「わしも一緒に行きますじゃ」

言って薬籠をお定から取ろうとしたが、

「だめですよ、どちらかが療治処にいてくれなくちゃ。右善どのに、いつまた大事なお客さまがおいでになるかわかりませんから」

竜尾が押しとどめた。ここのところ、右善の身辺が慌ただしくなっていることを解している。右善も色川や藤次が来るのを待っており、さらに幾兵衛たちのねぐらに葛根湯を持って行く用事をすでにつくっているのだ。

「留造、安心せい。きょうは鍼の練習はせぬゆえ」

「へえ」

留蔵の顔に安堵の色が広がった。

独り療治部屋で薬研を前に時を過ごし、煎じたばかりの葛根湯を徳利に入れ、そろそろねぐらに行こうかと思ったころだった。抱えて持って行けば、ちょうどいい湯たんぽ代わりになる。はたして来客はあった。

色川矢一郎だ。職人姿で、手斧《ちような》を肩にしている。

「おーい、ちょいと離れに戻るぞ」

奥に声をかけると、留造は嬉しそうに出て来た。

炭火を入れたばかりの手あぶりをはさみ、右善と色川はあぐらを組んだ。横に置かれている急須や湯飲みも、留造が急ぎ用意したものである。

色川は言った。

「やはり、あしたの矢島屋敷の賭場、中止のようです。さっきまで藤次と組んで聞き込みを入れておりやして。藤次はあとしばらく、屋敷から中間が出て来るのを待って直接声かけをし、どういう経緯であした中止になったのかを確かめる、と」

「客を装ってだな。で、あのあたりを縄張にしている岡っ引はどうだった」

「善之助どのをとおして頼んだのでやすが、どうも……」

「断りやがったかい」

「いえ、やつもそこを気にしていて、これまでときおり聞き込みを入れ、面が割れているんでさあ」

「そりゃあまずい。面割れが出て来たんじゃ、聞き込みを相手に勘づかれるなあ」

「それで藤次が奮闘しやして。まもなくここへ来るはずで」

「ふむ。期待しておこう。実はなあ……」

右善は午前中に幾兵衛たちのねぐらに行った話をし、

「いまからもう一度行ってみる。ここで待っていてくれ」

「へい、承知」

と、さすがに色川は一緒に行くとは言わなかった。話のようすから、右善が元隠密廻り同心としてではなく、療治処の用心棒で世話焼きの隠居として、幾兵衛と治平次の胸中に喰いこんだことを覚ったのだ。

「期待しておりやす」

狭い玄関で見送る色川に右善は言った。

「どうも解《げ》せねえ。松平さまの増上寺ご参詣は午前中で、中止になった賭場は夕刻からだぜ」

「あっ」

色川もその疑問点に気づいたようだ。


はたして幾兵衛と治平次は、掻巻の中で恐縮し、蒲団の上に上体を起こした。

「さあ、まだあったけえぜ。養生にじゅうぶん過ぎるってことはねえ」

と、枕元に葛根湯の一升徳利を置き、天井に視線を向けることもなく、すぐ腰を上げた。

二人とも、

「だ、旦那。もうお帰りで？」

「昼時分、梅野屋が仕出し弁当を持って来てくれやした」

と、しきりに恐縮する。

「そうか。病み上がりに精をつけるのも肝心だ。あ、そのまま、そのまま」

障子を開け、右善は縁側に出た。

「旦那ア」

二人は寝巻のまま、玄関の板敷きまで走り出て来た。

「だめじゃねえか、起きて来ちゃあ」

と、右善はねぐらをあとにした。その腰に苦無はない。まったくの丸腰である。これも探りの手法だ。熟練にしかできない。

(やつら……あした)

右善は胸中につぶやいた。


療治処に帰ると、藤次が来ていた。

藤次は待ちかねたように言った。

「間違《まちげ》えありやせん。あした、賭場はありやせん。決まったのはおととい、賭場が引けたとき突然、仕切り役の幾兵衛が言ったそうで」

「さっき藤次と話していたのでやすが、そのときに松平さまの動向をつかみ、それで急遽つぎの賭場、あしたでさあ。中止にしたのではないか、と」

色川がつなぎ、さらにつづけた。

「右善さまの言われたとおり、増上寺参詣は午前、賭場は夕刻からでさあ。参詣の行列になにごとかを仕掛け、そのまま江戸を捨てる……」

「そう。せっかく五日前《めえ》に煤払いまでしたのに。なみならねえ決意だと思われまさあ。それとも、なにごとかを隠すため、まわりとおなじようにふるまった……とも、と色川の旦那と話してたんでさあ。その日があしたとは、思ったより早く来ちまったんじゃねえか、と」

「ふむ」

右善はうなずき、問うように応えた。それらはさきほど、幾兵衛たちのねぐらから帰るとき、みずからも想像したことなのだ。

「だとしたら、狙いはなにか……」

「それは……」

色川は言いかけた口をとめ、藤次は黙している。

マタギの治平次が鉄砲を向ける先には、

――松平定信の権門駕籠《けんもんかご》

ならば、町方の手を超越している。まして町場の岡っ引が自儘《じまま》にさわっていい問題ではない。

また玄関口から留造の声が入って来た。

「お師匠からで、色川さまと藤次の親分さん、熱燗もつけますから、と。お定がいま用意しておりやす」

色川と藤次が同時に右善へ視線を向けた。竜尾とお定は、往診から帰って来ているようだ。

右善はかすれた声で言った。

「療治処《ここ》を、巻き添えにできねえ」

「わかりやした」

色川は低声で返すと、きのうの藤次のように、

「すまねえ。まだ足元がよくねえから、俺たち二人とも明るいうちに帰らあ。お師匠に気を遣わねえよう言っておいてくれ」

「へえ。わかりやした」

まだ地面は湿っていて留造の下駄の音は聞こえなかったが、気配の去ったのは感じられた。

「大旦那も色川の旦那も、その気なのでやすね」

藤次が言ったのへ、右善は応えた。

「怪しいのを捕えるのじゃねえ。ほんとうにあした権門駕籠を狙うのかどうかを確かめ、やらせねえようにするだけだ。儂はなあ、理由《わけ》を知りたいのだ。あの二人がなにゆえ……。おっと、こいつぁ奉行所の仕事じゃねえ。善之助に報《しら》せることはねえ。なあに、あしたの午前《ひるめえ》にゃ終わっていいようよ」

「へえ」

藤次はうなずいた。色川は、もとよりその算段だった。

二人が裏手の勝手口から帰ったのは、そのあとしばらく経てからだった。日陰にまだいくらか黒ずんだ雪が残っている。

きょうもきのうにつづき、母屋での夕餉はいつもの療治処の四人のみとなった。箸を動かしながら右善はさりげなく言った。

「あしたは朝からちょいと出かけるが、よろしいかな」

「なれど、お気をつけて」

竜尾は応えた。行き先などは訊かない。それだけ、気を遣っているのだ。

夕餉を終え、離れに戻って早めに寝ようとしたが、

（もし今宵のうちに、幾兵衛と治平次が出かけたなら）

容易に眠れない。

(そっと見に行ってみようか)

思ったが、もし勘づかれれば、これまでの手配りが無駄となり、向後の探りも困難となる。

暗くなっていたが母屋に行って酒を調達し、しばし独酌《どくしゃく》でようやく眠りに入った。


二丁目のねぐらは、雨戸は閉めていたが部屋には灯りが点いていた。

幾兵衛が言ったのへ、治平次は返していた。二人とも風邪は完治している。

「きょうの右善の旦那、親切が過ぎやしねえかい」

「あれが右善の旦那じゃねえですかい」

「そうは思うが……」

幾兵衛がそっと外に出て、暗く寒いなかに周辺を探った。人の気配はない。いくらか間をおき、治平次が出た。すぐに帰って来た。

「やはり旦那は、俺たちの風邪を心配しなすっただけだぜ」

「疑《うたぐ》ったりして、申しわけねえ」

幾兵衛はつぶやいた。

まだ念のためのつもりか、二人は晩酌の玉子酒を酌み交わし、ようやく掻巻をひっかぶった。

治平次の鉄砲は、弾や玉薬と一緒に、地味な女物の着物に包まれ、天井裏に眠っている。右善と藤次に見られたのは、手入れのためたまたま下ろしたときだったのだ。

六

極月十九日、いつもと変わりのない朝だった。裏庭で一日中、陽のあたらない部分に黒ずんだ雪が、まだ降った日の名残りを見せていたが、おもての庭はすでに乾いていた。

味噌汁の香のなかに、竜尾は言った。

「きょう、長尺の苦無はお持ちになりますか」

「ああ。薬籠もな」

右善は応えた。療治処に薬籠は三つほどある。

「あんれ、右善の旦那。鍼の稽古台《けいこだい》になってくれなさる人、見つけなすったかね」

留造が嬉しそうに言ったのへ、

「ま、そういうことにしておけ」

右善が応えたのへ、どう解釈したか、留造だけでなくお定まで、

「それはようござんした」

嬉しそうに言っていた。

右善が長尺の苦無を腰に提げ、薬籠を小脇に出かけたのは、留造が冠木門を八の字に開けてからすぐだった。絞り袴に筒袖を着こみ、羽織を着け総髪であれば、どこから見ても医者であり、どこを歩いても怪しまれることはない。

湯島の通りに出ると、筋違御門に向かった。橋を渡り、番所の前を過ぎた。番士は以前どおり、旗本家から出ている足軽たちである。

石垣の陰に身を置いた。陰といっても石垣を外神田から出たときの陰であり、内神田からは正面になり陽当たりもいい。

右善はそこで石垣を背に、薬籠の蓋《ふた》を開けた。

天秤棒を担いだ顔見知りの行商人が、石垣の往還に入ろうとし右善に気がついた。

「あんれ、療治処のご隠居。ここでなにを」

「いやあ、忘れ物はないかと点検しておってな」

「さようで。朝からご苦労さんでごぜえやす」

と、そのまま石垣の中に入って行った。

それまでにも幾人か見知った者が石垣から出て来たが、このほうは陰になっているので右善に気づかない。

さほど待つほどのこともなかった。

「大旦那。やつら二人こっちを通り、いま神田の大通りに入《へえ》りやした。佐市《さいち》が尾《つ》いておりやす」

藤次である。白い息を吐き口早に告げると、右善の前を通り過ぎた。

きのう、右善と色川、藤次は語り合った。幾兵衛と治平次の行き先はおよそ見当がついている。増上寺であろう。そのどこかが判《わか》らない。出たときから尾《つ》ける以外にない。朝早くに鉄砲を持ってねぐらを出た二人が、どの橋を渡って神田の大通りに入るか……。そこが起点となる。

筋違御門を中心に、すぐ上流の昌平橋《しょうへいばし》か、いくらか下流の和泉橋《いずみばし》が考えられる。筋違御門なら番所の前を通らねばならない。鉄砲はなにかにくるんでいても、用心深い者が見れば外観からそれとわかる。番士がいる筋違御門を抜ける割合は低い。

「――そこは目立ちやすい右善さまが」

色川は言い、組屋敷の下男を動員し昌平橋を見張り、一番遠まわりになる和泉橋を藤次が見張ることになったのだ。その藤次が知らせに来て、そのまま昌平橋にも知らせに行った。近くであり、すぐに三人は石垣の陰で顔をそろえた。すこし離れて色川家の下男が立っている。

いま幾兵衛と治平次を尾けている佐市は、以前から藤次がときおり下っ引《したぴき》として聞き込みなどを手伝わせている若者で、藤次の娘婿《むすめむこ》である。婚儀には右善も顔を出し、幾度かあったことがある。内神田の鍛冶町《かじちょう》の裏手に、小ぢんまりとした大工道具の店を出している。

「――そのうちこの稼業を佐市に譲り、あっしはゆっくり楽隠居としゃれこみてえ」

などと、まえまえから藤次は言っていた。その佐市をこの重大な内緒の仕事に駆り出したとは、

(藤次め、真剣に隠居を考えておるのか)

この緊迫のなかに、右善は思ったものである。だが現在《いま》、それを藤次と話し合っている余裕はない。

藤次は言う。

「やつら二人とも、色川の旦那とおなじ職人姿で甲懸《こうがけ》を履き、治平次も山賊みてえな熊の皮はかぶっておりやせん。やつは茣蓙《ござ》に長え《なげ》ものをくるんで小脇に抱えておりや

したが、それが鉄砲でやしょう」

「ほう。やはり」

右善は返し、色川もうなずいた。きのう立てた予測に、間違いはないようだ。職人の装束は最も動きやすく機能的にできており、甲懸は足首までおおう外歩き用の足袋《たび》だ。本職の大工などは、この甲懸で渡し木一本の上をひょいひょいと歩く。それに職人姿で長いものを持っていても、傍目《はため》には木材かなにかの道具のようで、この太平のお江戸で鉄砲を連想する者はいないだろう。それでも番所のある筋違御門を避け、わざわざ和泉橋にまわったのは、二人の用心深さと決意を示していようか。右善も色川も、そこにうなずいたのだ。

「では、行くぞ」

「へい」

「がってん」

右善が言ったのへ色川と藤次は返した。

神田の大通りはすでに、往来人に大八車、荷馬も出はじめている。

佐市の背を捉《とら》えた。その先に職人姿の背が二つ、往来人のあいだに垣間見《かいまみ》える。片方が確かに長い物を小脇に抱えている。

「よし、行け」

色川が言うと、下男が佐市の五間（およそ九米《メートル》）ほどうしろに尾き、さらに五間ほど間をとり右善、色川、藤次がまばらにつづいた。佐市と色川家の下男は、幾兵衛と治平次に顔を知られていない。幾兵衛たちがふり返っても、ただの往来人の中の一人にしか見えない。ときおり、佐市と下男は前後を入れ替わる。幾兵衛たちはますます気づかない。そのうしろの右善たちまでは見えない。

日本橋に入ったころ、陽もかなり高く昇り、街道のにぎわいは昼間のものとなっていた。地面には雪の名残りかまだ湿りがあり、土ぼこりのたたないのがありがたい。街道でもやはり陽のあたらないところは、土にまみれた雪が融け残っている。

その街道に、それぞれが見失わないように間合いをすこし縮めた。

日本橋から南へ延びる東海道に歩を踏み、京橋《きょうばし》を越え、新橋《しんばし》を過ぎ、さらに歩を進めると街道は増上寺の門前から延びて来た広い往還と交差する。江戸でも有数のにぎやかな十字路である。そこを西に折れ、町場を過ぎれば増上寺の朱色の大門《だいもん》が往還をふさぐようにそびえている。ここからが増上寺の寺域である。大門の内側には、僧《そう》坊《ぼう》や学寮《がくりょう》が建ちならんでいる。

右善はその地形をきのうから幾度も脳裡に描いていた。色川も藤次も同様だった。

療治処の離れで三人が脳裡に描いた地形図をもとに、互いの意見を出し合った。結論は出なかった。

新橋を過ぎたあたりから、

（さて、どこにやつらはもぐり込むか）

三人は実際の地形のなかに考えはじめた。

佐市と色川家の下男は、幾度前後を入れ替わったろうか、前方の二人に気づかれることはなかった。

歩を踏みながら、右善は近くを進む色川をかたわらに呼び寄せ、そっと言った。

「大名小路《だいみょうこうじ》ではなさそうだな」

「はい。残るは大門前しかありやせん」

二人とも低く緊張した口調だった。うしろについている藤次も、おなじことを思っているだろう。

松平屋敷から増上寺には、外濠《そとぼり》の幸橋《さいわいばし》御門を出て愛宕下《あたごした》の大名小路を経るのがもっとも近く、参詣のときはいつもその道順をとっている。愛宕下につらなる大名屋敷の白壁に囲まれた広い往還を、人々は大名小路と呼んでいる。

その大名小路が、新橋を経た東海道と町場をへだてて並行している。その東海道を、幾兵衛と治平次は大名小路に入るようすもなく、まっすぐ増上寺のほうへ進んでいるのだ。

右善、色川、藤次の三人は、おなじ予測に達したことを、互いの表情から確認し合った。

大名小路を過ぎれば飯倉神明宮《いいくらしんめいぐう》であり、そこを過ぎれば増上寺の大門《だいもん》の前に出る。大門前から延びる広い門前の大通りは、両脇に参詣人をあてこんだ料亭や茶店、仏具屋や石屋、筆屋などが軒をつらね、色さまざまな暖簾をなびかせ、人通りも多い。

（そこだ）

当たっていた。幾兵衛と治平次は街道から神明宮に向かう枝道に入った。二人のうしろに尾いていた佐市が曲がり、色川家の下男がつづき、追うように右善ら三人もその枝道に入った。人通りの多いなかに下男の背は見えるが、佐市の背はすでにない。その枝道からさらに細い脇道へ入ったのだ。尾行の一行もそれにつづいた。人通りは少なくなる。方向からみて曲がるたびに、また一歩ごとに、大門の大通りに近づいているのが感じられる。

枝道には路地がいくつかあり、その角の一つに佐市は立っていた。下男は歩を止め、ふり返った。右善ら三人は下男に近づいた。

「あそこ」

下男は佐市の立っている角を指さした。佐市が手招きしている。

色川が下男に言った。

「よし。おまえはここで帰れ。ここまで尾行で来たことは口外無用ぞ」

「へい」

下男はもと来た道を返した。色川は下男を動員したが、尾行の対象が何者で、なんのための尾行かも話していない。いまは、おもての仕事ではないのだ。

三人は佐市の立っている角に歩を進めた。人通りはない。あたりは、町場の裏手のさらに奥といった風情である。日陰が多く、足元がまだいくらかぬかるんでいる。

「具合は」

右善の問いに佐市は、

「あそこの板塀を器用に登り、見えなくなりやした」

路地の奥を指さした。幾兵衛と治平次は、屋根の上に登ったようだ。

藤次は言った。

「佐市、ご苦労だった。ここから帰りねえ。店の仕事があるだろう」

「へえ」

佐市も来た道を返した。

藤次も、佐市にこの日の目的を話していないようだ。

（ふむ。佐市に岡っ引稼業を任せるのは、まださきのようだな）

右善は思い、ホッとするものを感じた。

いまはそれよりも、目の前に消えた幾兵衛と治平次である。

狭い裏道の角で、三人はうなずきを交わした。

色川と藤次がその場を離れた。色川は神明宮のほうに向かい、藤次は大門の大通りに向かったのだ。

右善は、佐市が指さした板塀に近づいた。

なるほど上りやすい足場があり、板塀に濡れた甲懸《こうがけ》の足をかけた跡が残っている。足の濡れているのが、登るのにかえって好都合だったようだ。

まわりを見ると、左右は二階建てだが、板塀から登れる屋根は平屋だった。

（ふむ）

右善はうなずいた。平屋の屋根は、左右の二階家からは死角になっている。あとはおもての大門の大通りから、そこが見えるかどうかである。見えれば屋根の上からも大通りは見え、しかも大門のすぐ近くである。もう一つ、松平家の行列はいま、どこまで来ているか……。

それらを確かめに、色川と藤次は路地を出たのだ。

待ちながら、右善は思った。

(幾兵衛に治平次め、端《はな》から決行《やる》のは増上寺と決め、この場所も見定めておったか。それなら日時が判りしだい、慌てることなく行動に移せるはずだ。おめえら、大《てえ》したもんだぜ)

いま屋根の上に、その幾兵衛と治平次はいる。火縄の火種は、竹筒の中にでも灰と一緒に炭火を入れ、ふところに収めていたのだろう。

時間が長く感じられる。すでに火縄に火を移しているかもしれない。

人が通れば、道に迷ったと言えばいい。身なりは医者なのだ。胡乱《うろん》なやつと思われることはあるまい。

戻って来た。藤次だ。

言った。

「図星ですぜ。この上の屋根が大通りから見えまさあ。しかも両脇は二階家で、通りから見上げても、どちらも料亭でおもてを飾り、そこに挟まれた地味な屋根など、目移りがして錯覚でやしょうか、警護の者からも死角になっているといってもよござんすぜ。へえ、屋根の下は茶店で」

前後するように、手斧を肩にした色川が戻って来た。

声を低めた。

「善之助どのとは会いやせんでしたが、定町廻りの同輩たちが出張っていやした。みんな、引き揚げるようでした。行列は間もなくでさあ」

町方が直接、武家の警護をすることはない。事前に見まわるだけで、行列が来るときには後方に下がる。武家が町方に警護されたのでは、武門の名誉に関わる。その町方が引き揚げようとしている。

「よしっ」

右善はうなずき、薬籠を藤次に手渡すと足袋跣《たびはだし》になり、平屋の屋根へ登る足場に足をかけた。

「大丈夫ですか」

色川が低く声をかけた。藤次も薬籠を小脇に、心配げに見つめている。登るのは、騒ぎになるのを防ぐため、右善一人である。だが、向後の展開はわからない。やってみるしかない。

色川と藤次は、地上で見張り役だ。住人に見とがめられても、問題はない。職人姿の色川には朱房の十手があり、藤次のふところには房なし十手が入っている。

「よっこらしょっと」

右善は屋根に手をかけ、つい低く声に出した。屋根は乾いているが、足袋の湿っているのがさいわいだった。

首を出した。切妻《きりづま》の屋根である。

(ほう。いやがったぜ)

職人姿の幾兵衛と治平次は、屋根に身を伏せ、棟《むね》から顔だけ出し、大門の大通りをうかがっている。よく見えるようだ。二人とも神経を前面に集中しているせいか、背後の動きに気づかなかったようだ。

「うっ」

右善は息を吞んだ。はたして治平次の手にある鉄砲の火縄から、かすかに煙が出ている。すでに火蓋《ひぶた》は切っていいようか。あとは引き金を引くだけであろう。

治平次はマタギである。足場の悪い山中を駈け、走る鹿をしとめていたはずだ。すぐ下をゆっくりと行く行列の駕籠に撃ち込むなど、朝めし前だろう。だか、そのあとである。

(ふむ)

うなずいた。銃声とともに警護の武士団は狼狽《ろうばい》し、参詣客は逃げまどい、大門の大通りは騒然となるだろう。素早く屋根を降り、そのなかに紛れこめば、

（逃げられる）

右善は足腰に力を入れ、屋根にけり上がった。

棟の手前に身を伏せる二人は、背後の物音に気づいたようだ。

ふり返った。

七

さすがは右善である。驚く二人に動揺させなかった。

「しーっ」

口に指をあて、叱声《しっせい》を吐いた。

「えっ」

「旦那、いってえ？」

戸惑う二人に、右善は屋根の端《はし》からさらに言った。

「悪いが、あとを尾けさせてもらった。こんなことだろうと思うてな」

「旦那！　やっぱり、鉄砲を見たときから……ですかい」

「そうだ」

「すまねえ、旦那。見逃してくだせえ！」

幾兵衛はかすれ声で言い、治平次も頭を低め筒先を右善に向けた。幾兵衛と治平次の息は合っている。

右善は身をかがめたまま、

「撃つかい、儂《わし》を。ともかくこっちへ降りて来ねえ。そこじゃ通りのほうから見られらあ」

「うううっ」

二人は顔を見合わせ、仕方なくといったようすでうなずきを交わした。右善を撃つ撃たないではない。右善を背後に、計画のすでに破綻《はたん》したのを解したのだ。

「さあ、来ねえ」

右善は手招きした。

二人はうなずいたものの、未練げに屋根の棟から、ふたたび大通りへ顔をのぞかせようとした。

「よせ！　通りから見えるぞ」

右善は叱るように言い、二人はまたうなずき、しぶしぶといったようすで右善のところまで降りて来た。右善もひと膝、上へ身を進めた。瓦《かわら》は乾いていても、足袋が湿っているので動きやすい。

屋根の上に、三人は腰を下ろした。

「そんな物騒なもの、早う火を消しねえ。他人《ひと》に見られちゃコトだぜ」

「へえ」

治平次はうなずき、火蓋を閉じて火縄の火をもみ消した。火縄を消した鉄砲は、とっさの役には立たない。いま行列が神明宮のほうから出て来ても、撃つことはできない。

下から聞こえてきた。

「散れーっ、散れーっ」

行列の先触《さきぶれ》のようだ。人の慌てて動く気配は、参詣人たちであろう。屋台までが迷惑そうに場所を移動しているのが目に浮かぶ。

響くかもしれなかった銃声は響かない。

権門駕籠の行列は、粛々《しゅくしゅく》と増上寺の朱色の大門をくぐったようだ。

警護の藩士が平屋の屋根の上に、チラとでも動くものに気づいていたなら、たちまち路地は武士団で満ちることになっていただろう。

静かだ。

「…………」

治平次はふところから地味な女物の着物を引っぱり出し、鉄砲をくるんだ。

「これもだ」

幾兵衛は手にしていた茣蓙を、治平次の膝の上に置いた。

二人とも、気も力も抜けた風情だった。それがまた、瓦職人が屋根の上でしばし小休止しているように見えた。

地上の色川と藤次は、屋根の上が穏やかに収まったのを察したか、右善が登ったところからすこし離れて待機した。

屋根の上では、

「聞こうか」

右善は言った。

（いましか、しかもこの場で質《ただ》す以外、機会は二度と来ない）

思ったのだ。

幾兵衛も治平次もそれを解したか、

「聞いていかになさる」

幾兵衛が、不意にあらたまった言葉遣いになった。

(やはりこの者……武士)

右善は内心うなずき、返した。

「気になるのだ。そなたらが白河藩松平家といかなる係り合いがあり、なにゆえ藩主の定信公を狙うのか」

「それだけでござろうか」

「いかにも。儂《わし》はかつて町方の同心でも、いまは隠居の身だ」

「ふむ」

幾兵衛はうなずき、言った。

「それがしは元白河藩士、松平家の家臣でござった。ともうしても、足軽で……」

と言っても、足軽は苗字があり二本差で羽織を着用し、歴《れき》とした武士である。

「この者は、正真正銘のマタギでしてな」

「へえ、さようで」

治平次はぴょこりと頭を下げた。

幾兵衛はつづけた。

「この者はときおり城下に出て、鹿肉、猪肉、毛皮をさばいておりましてな。城下の肉鍋屋などは重宝しましてな」

「へえ、どこも競《きそ》うように購《あがの》うてくれましたじゃ」

と、治平次。

「ところが殿は、禽獣《きんじゅう》の肉類を食《しょく》するは贅沢《ぜいたく》、絹を身につけるは驕奢《きょうしゃ》の極み、とことごとく停止《ちょうじ》なされ、賭け事もむろんそうでござった」

謹厳実直でなる松平定信が極度に節約を奨励し、みずからも朝は一汁一菜《いちじゅういっさい》、昼と晩のみ一汁二菜とし、衣服は日ごろから木綿《もめん》を着用し、老中に就いたいまもそこに変わりのないことは、つとに知られている。

「領民にもそれを強要なされ、それをまた城下に出て取締るのが、わしら足軽の役務でござった。わしは足軽十人ほどを束《たば》ねる組頭《くみがしら》として日夜、城下から村々まで出張って取締っておりもうした。辛《つろ》うござった。むろん、獣肉や絹の停止は、大波のなかのひと雫《しずく》に過ぎなんだ」

「わかりもうす」

松平定信の目指している改革は、そのころの藩政が基《もとい》となっているのだ。

すこし離れた軒下では、

「お二階さん、いつまで話しているのだろうなあ」

色川が言ったのへ、藤次が返した。

「あははは。大旦那はあの二人に、どういうわけか思い入れがおありのようで。待ちやしょう。そば屋の屋台をちょいとここへ呼んで来まさあ」

「おう、頼むぞ」

藤次は色川の声を背に、脇道からおもてへ走って出た。


屋根上である。

「二年前《めえ》の春でござんしたよ」

治平次が静かな口調で言った。

「城下のにぎわいを知らねえ女房を連れ……。へへ、もらったばかりの嫁さんでござんしてね。そっと鹿肉と毛皮を持って、お得意だった肉鍋の店と裏の仕立て屋にへ行き、ご祝儀の意味もあったのでやしょうか、どっちもけっこうな値《あたい》で購《あがの》うてくれやしてね」

治平次の話はつづき、右善は凝っと聞いている。

「お宝をふところに、ご城下で芝居見物に旨《うめ》えものも二人で喰いやして、へえ。最後に古着屋に入《へえ》り、女房の気に入った着物と帯を買ってやったのでさあ。あいつめ、あたしゃもう人の女房で、小娘なんかじゃござんせんからなどと、歳よりも地味なものを選びやしてね。かわいいじゃござんせんかい」

「治平次、もうよせ」

「いえ、言いまさあ」

幾兵衛が言ったのへ治平次は返し、さらにつづけた。

「その帰《けえ》りでさあ。女房のやつめ、早く着てえと待ち切れず、近くの茶店に入ってそこで着替え、外へ出たときでさあ。見まわりのお役人に、その着物を見とがめられやしたんでさあ」

幾兵衛がぽつりと言った。

「わしが引き連れていた一隊だった」

そのとき、配下の足軽が治平次の女房の肩をつかみ、

「——女！　殿のご停止《ちょうじ》をなんと心得おるか！」

激しくゆすり、女房の肩がはだけた。

白河城下の路上である。もう一人の足軽が、着替えたばかりの着物を引きはがそうとした。

「――おやめくだされ！」

治平次は止めようとし、女房も抗《あらが》った。

最初にとがめた足軽が、

「――おのれ、女！　ご停止に背《そむ》くかっ。殿のご裁断と思え！」

「――キェーッ」

人だかりのなかに、血潮とともに治平次の女房の悲鳴が上がった。

首筋を斬られ、即死だった。


「その足軽二人をわしは、その場で斬った。後悔はしておらん」

幾兵衛が、またぽつりと言った。

治平次は、地味な着物に包みさらに茣蓙を巻いた鉄砲を抱きしめ、

「ええ、右善の旦那。古着ですぜ！　派手な模様でもなかったんですぜっ」

叫び声に近かった。

下でそばを手繰《たぐ》っていた色川と藤次の手が、思わず止まった。

屋根の下は茶店である。おやじが屋根を見上げるように、勝手口から出て来た。

色川がすかさずふところの朱房の十手をちらつかせ、

「御用の筋だ。さきほどおもてを通ったお行列、どなたかわかっておるな。ご参詣を終えられるまで、警備を厳にしておる。気にせず、中に戻れ」

「へ、へえ」

茶店のおやじは、ぴょこりと頭を下げ、出て来た勝手口に引き返した。

屋根の上の声は、もとの低い声に戻った。

「その場からわしは出奔《しゅっぽん》し、治平次と一緒に江戸へ出て来た。そのあとだった。定信公め、老中に出世しおった。あのときの白河での藩政が、江戸にも広まる。防がねばならんと思いましたのじゃ」

「あっしにゃ定信め、女房の仇《かたき》ですじゃ」

治平次は言う。

右善は大きく息を吸い、伝法な口調になった。

「そういう背景があったのかい。おめえさんら、儂が出しゃばったからって、失策《しくじ》ったわけじゃねえ。羨《うらや》ましいぜ、命がけで事を成そうとしたおめえさんらがよう。そういう仁なら、このさき、いくらでも道は拓《ひら》けらあ」

伝法な口調はつづいた。

「なあに、これからのご政道にゃ、おめえさんらのようなのが、幾人も出て来ると思うぜ。おっと、その御仁らがおめえさんらみてえに、いずれかに玉薬の匂いをかがせてくれるんじゃねえ。別の、異なる方途で……、きっとそんな日が来らあ。二年後か、三年後か……。諸人《もろびと》のためによう。儂はそんな将来《さき》に期待を持ち、きょうはこれで帰《けえ》るぜ。おめえさんらも、好きにしねえ」

言うと、

「旦那っ」

「右善の旦那っ」

幾兵衛と治平次の声を背に、右善はさっさと屋根から降りた。

しばらくし茫然となった幾兵衛と治平次が降りたとき、そこにもう右善の姿はなかった。二人とも、さきほどまで十手を持った色川矢一郎と藤次がいたことは、思いもしなかっただろう。

まだ午過《ひるす》ぎである。日本橋に近い小料理屋の奥のひと部屋に、右善は色川矢一郎、藤次とあぐら居に鼎座を組んでいた。

藤次が言った。

「さようですかい。そんなら、鉄砲をくるんでいた、地味な女物の着物は……」

「そういうことになる。鉄砲よりも、そのほうがあやつの心の支えだったのかもしれねえ」

色川も言った。

「そういう事情なら、幾兵衛が賭場を開帳していたのも、治平次が熊の毛皮をまとっていたのも……」

「そうさ。やつらなりの、定信さんへのささやかな抗《あらが》いだったわけよ」

「もうこの世にはおりやせんが、次郎太も六郎太も、松平屋敷で殺された足軽も、幾兵衛とは……」

「白河にいたときからの同輩か、それとも幾兵衛と治平次の張る賭場に来るのを手なずけ、松平屋敷の動きを探るため昵懇にしていたのかは知らねえが」

「それで唐丸から逃げた六郎太が、二人を頼ろうとして盗賊の鬼三次と筋違御門を抜けたものの、すぐ近くの美濃屋に取籠る羽目になった……」

「そういう筋書きになるなあ。ようやく一件落着だ。それにしてもあの二人め、律儀だと思わねえかい」

「どこが」

色川が問い返した。

右善は応えた。

「二人とも、増上寺から無事に帰《けえ》れるかどうかわからねえ。無事でも今宵を限りに、江戸を離れる算段だったのだろうよ。賭場を中止にしたのはそのためでよ、矢島屋敷に迷惑がかからねえようにとよお」

「それを律義と言えるかどうか……」

賭場の話とあっては、色川は不満顔だった。

右善は話題を変えるように、藤次へ視線を向けた。

「おまえの娘婿の佐市よ、なかなか尾行術に長《た》けているじゃねえか。若《わけ》えのに、落ち着いてもいるし」

「いえ、まだまだでさあ」

謙遜《けんそん》かもしれないが、藤次の応えに、右善はあらためて安堵した。藤次の岡っ引稼業は、まだつづきそうである。

右善が筋違御門の橋を渡り、明神下の療治処に戻ったのは、陽が西の空にかたむきかけた時分だった。

留造が療治部屋にいた。

「なんだ、きょうもおまえが留守居か」

「へえ。午過《ひるす》ぎに三丁目の福八さんからお女中が駈けこみなすって、お師匠はお定を薬籠持に急ぎ出かけられやした」

言うと留造は逃げるように奥へ避難した。履物屋の福八も、すでに家族が一人増えていることだろう。

竜尾とお定が、疲れた表情で帰って来たのは、そのあとすぐだった。

「男の子でした」

竜尾は言った。

翌朝、権三と助八が、朝一番の患者を運んで来た。残雪のぬかるみでころび、足の骨を折った町内の爺さんだ。

手助けに縁側へ出た右善に権三が言った。

「みょうですぜ。煤払いからこっち、二丁目のあの二人も、朝が早うなったとみていたら、きょうはまだ雨戸が閉まっていやしたぜ」

「きのうなんざ、朝から閉まったまんまだったし。物音ひとつしねえ」

助八がつないだ。

竜尾が療治部屋から言った。

「右善どの、ご存じなのでは」

「いいや。知らぬ」

右善は返した。ほんとうに知らないのだ。

骨折の爺さんを部屋に入れ、療治処はきょうも朝からいつもどおり仕事に入った。

右善は、薬草を薬研で挽きはじめた。

天明《てんめい》七年（一七八七）も極月二十日になり、いよいよ年の瀬が迫っていた。

時代小説

二見時代小説文庫

秘《ひ》めた企《たくら》み　隠居右善《いんきょうぜん》 江戸《えど》を走《はし》る5

著者　喜安幸夫《きやすゆきお》

発行所　株式会社　二見書房
東京都千代田区神田三崎町二－一八－一一
電話　〇三－三五一五－二三一一［営業］
〇三－三五一五－二三一三［編集］
振替　〇〇一七〇－四－二六三九

印刷　株式会社　堀内印刷所
製本　株式会社　村上製本所

ISBN978－4－576－18010－6
http://www.futami.co.jp/

喜安幸夫
はぐれ同心 闇裁き1〜12
見倒屋鬼助 事件控1〜6
隠居右善 江戸を走る1〜5

浅黄斑
無茶の勘兵衛日月録1〜18

麻倉一矢
剣客大名 柳生俊平1〜8

井川香四郎
とっくり官兵衛酔夢剣1〜3

大久保智弘
御庭番宰領1〜7

沖田正午
殿さま商売人1〜4
北町影同心1〜7

風野真知雄
大江戸定年組1〜7

倉阪鬼一郎
小料理のどか屋 人情帖1〜21

小杉健治
栄次郎江戸暦1〜19

佐々木裕一
公家武者 松平信平1〜16

高城実枝子
浮世小路 父娘捕物帖1〜3

早見俊
目安番こって牛征史郎1〜5
居眠り同心 影御用1〜25

幡大介
天下御免の信十郎1〜9

花家圭太郎
口入れ屋 人道楽帖1〜3

聖龍人
夜逃げ若殿 捕物噺1〜16
火の玉同心 極楽始末1

氷月葵
公事宿 裏始末1〜5
婿殿は山同心1〜3
御庭番の二代目1〜5

藤水名子
女剣士 美涼1〜2
与力・仏の重蔵1〜5
旗本三兄弟 事件帖1〜3
隠密奉行 柘植長門守1〜4

牧秀彦
八丁堀 裏十手1〜8
孤高の剣聖 林崎重信1〜2
浜町様 捕物帳1〜2

森真沙子
日本橋物語1〜10
箱館奉行所始末1〜5
時雨橋あじさい亭1〜3

森詠
忘れ草秘剣帖1〜4
剣客相談人1〜21

和久田正明
地獄耳1〜4